WARRIORS

貓戰士 外傳之IX

說不完的故事2

Tales from the Clans

艾琳・杭特(Erin Hunter) 著

高子梅、宋亞 譯

晨星出版

特別感謝維多利亞・霍姆斯

目錄

WARRIORS

貓戰士

虎爪的憤怒

Tigerclaw's Fury

見習生　（六個月大以上，正在接受戰士訓練的貓）

疾掌：黑白色相間的公貓。

雲掌：白色的長毛公貓。

亮掌：母貓，白毛中攙雜薑黃色的毛。

刺掌：金棕色的公虎斑貓。

蕨掌：淡灰色帶暗色斑點的母貓，淡綠色眼睛。

灰掌：淡灰色毛帶暗色斑點的公貓，暗藍色眼睛。

貓后　（正在懷孕或照顧幼貓的母貓）

霜毛：一身美麗的白毛，藍眼睛。

斑臉：漂亮的虎斑貓。

金花：有淡薑黃色的毛。

斑尾：淺白色的虎斑貓，也是最年長的貓后。

柳皮：淡灰色的母貓，有特別的藍眼睛。

長老　（以前是戰士、貓后，現在已經退休）

半尾：黑棕色的大虎斑貓，少了半截尾巴。

小耳：灰色公貓，耳朵很小，是雷族裡最年長的公貓。

斑皮：小型的黑白色公貓。

獨眼：淺灰色母貓，是雷族裡最年長的貓，已經又盲又聾。

花尾：有著可愛花紋的母貓，年輕時很漂亮。

各族成員

雷族 *thunderclan*

族長　**藍星**：藍灰色的母貓，口鼻處附近有銀灰色的毛。

副手　**火心**：英挺的薑黃色公貓。
所指導的見習生，雲掌。

巫醫　**黃牙**：黑灰色的老母貓，有張扁平寬闊的臉，過去隸屬於影族。
所指導的見習生，煤皮。

戰士　（公貓，以及沒有子女的母貓）

白風暴：白色的大公貓。
所指導的見習生，亮掌。

暗紋：烏亮的黑灰色公虎斑貓。
所指導的見習生，蕨掌。

長尾：蒼白帶有暗黑色條紋的公虎斑貓。
所指導的見習生，疾掌。

追風：動作敏捷的公虎斑貓。

鼠毛：黑棕色的小母貓。
所指導的見習生，刺掌。

蕨毛：金棕色公虎斑貓。

塵皮：黑棕色的公虎斑貓。
所指導的見習生，灰掌。

沙暴：淡薑黃色的母貓。

風族 *windclan*

族長　**高星**：黑白色公貓，尾巴很長。

副手　**死足**：黑色公貓，一隻前掌扭曲。

巫醫　**吠臉**：棕色公貓，尾巴很短。

戰士　**泥爪**：毛色斑駁的黑棕色公貓。
所指導的見習生，網掌。

裂耳：公虎斑貓。
所指導的見習生，奔掌。

一鬚：年輕的棕色公虎斑貓。
所指導的見習生，白掌。

流溪：淡灰色斑紋的母貓。

貓后　**灰足**：灰色貓后。

晨花：玳瑁貓。

影族 *shadowclan*

族長　**夜星**：年長的黑色公貓。

副手　**煤毛**：瘦削的灰色公貓。

巫醫　**鼻涕蟲**：矮小的灰白色公貓。

戰士　**蘋果毛**：毛色斑駁的棕色母貓。

圓石：灰色的公貓。

蕨影：玳瑁貓。

石牙：灰色老公貓。

鼠疤：黑棕色公貓。

花楸莓：棕色和奶油色相間的母貓。

枯毛：暗薑色的母貓。

濕足：灰色的公虎斑貓。
所指導的見習生，橡掌。

小雲：矮小的公虎斑貓。

白喉：黑貓，胸口與腳掌有白點。

貓后　**曙雲**：個子嬌小的虎斑貓。

暗花：黑色母貓。

高罌粟：長腿，淡褐色的虎斑貓。

其他族的貓 *cats outside clans*

大麥：黑白公貓，住在靠近森林的一座農場上。

黑足：白色的大公貓，有著黑玉色的大爪子，曾是影族副族長。

爪面：瘦削的棕色公貓。

莫格利：棕色公貓，有著綠眼睛。

公主：淺棕色虎斑貓，胸口和掌上有亮白色的毛，是寵物貓。

烏掌：烏溜溜的黑色大貓，尾巴尖端是白色，與大麥共住在農場上。

史莫奇：友善的黑白胖貓，住在森林邊緣的一棟小屋裡。

斷牙：虎斑大公貓。

胖尾：棕色虎斑貓。

糾刺：灰棕色母貓，過去隸屬於影族。

虎爪：暗褐色的虎斑大公貓，前爪特別長，過去屬於雷族。

河族 *riverclan*

族長　**曲星**：淺色的大虎斑貓，下顎變形。

副手　**豹毛**：母虎斑貓，身上有特殊的金色斑點。

巫醫　**泥毛**：長毛的淺棕色公貓。

戰士　**黑爪**：煙黑色公貓。
所指導的見習生，重掌。
石毛：灰色公貓，耳朵上有戰疤。
所指導的見習生，影掌。
大肚：黑棕色公貓。
灰紋：長毛的灰色公貓，過去隸屬於雷族。

貓后　**霧足**：暗灰色貓后。
苔皮：玳瑁貓。

長老　**灰池**：纖細的灰色母貓，有雜斑，口鼻處有疤痕。

腐肉場
影族營地
轟雷路
雷族營地
大梧桐樹
沙坑
蛇岩
松樹林
兩腳獸地盤
伐木場
雷族
河族
影族
風族
星族

高岩山
大麥的
農場
風族營地
四喬木
瀑布
貓頭鷹
樹
河流
陽光岩
河族營地

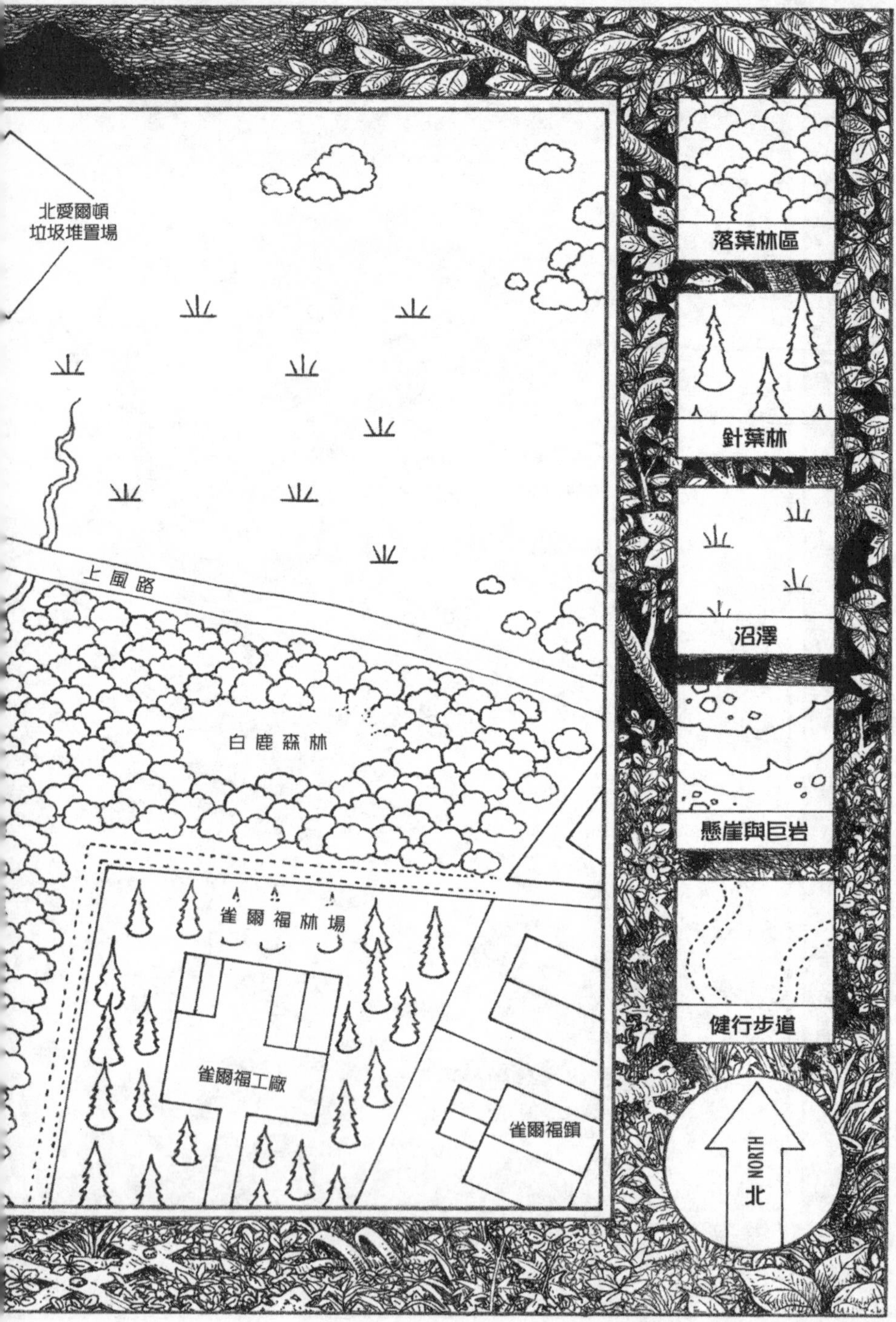
北愛爾頓
垃圾堆置場
上風路
白鹿森林
雀爾福林場
雀爾福工廠
雀爾福鎮
落葉林區
針葉林
沼澤
懸崖與巨岩
健行步道
NORTH
北

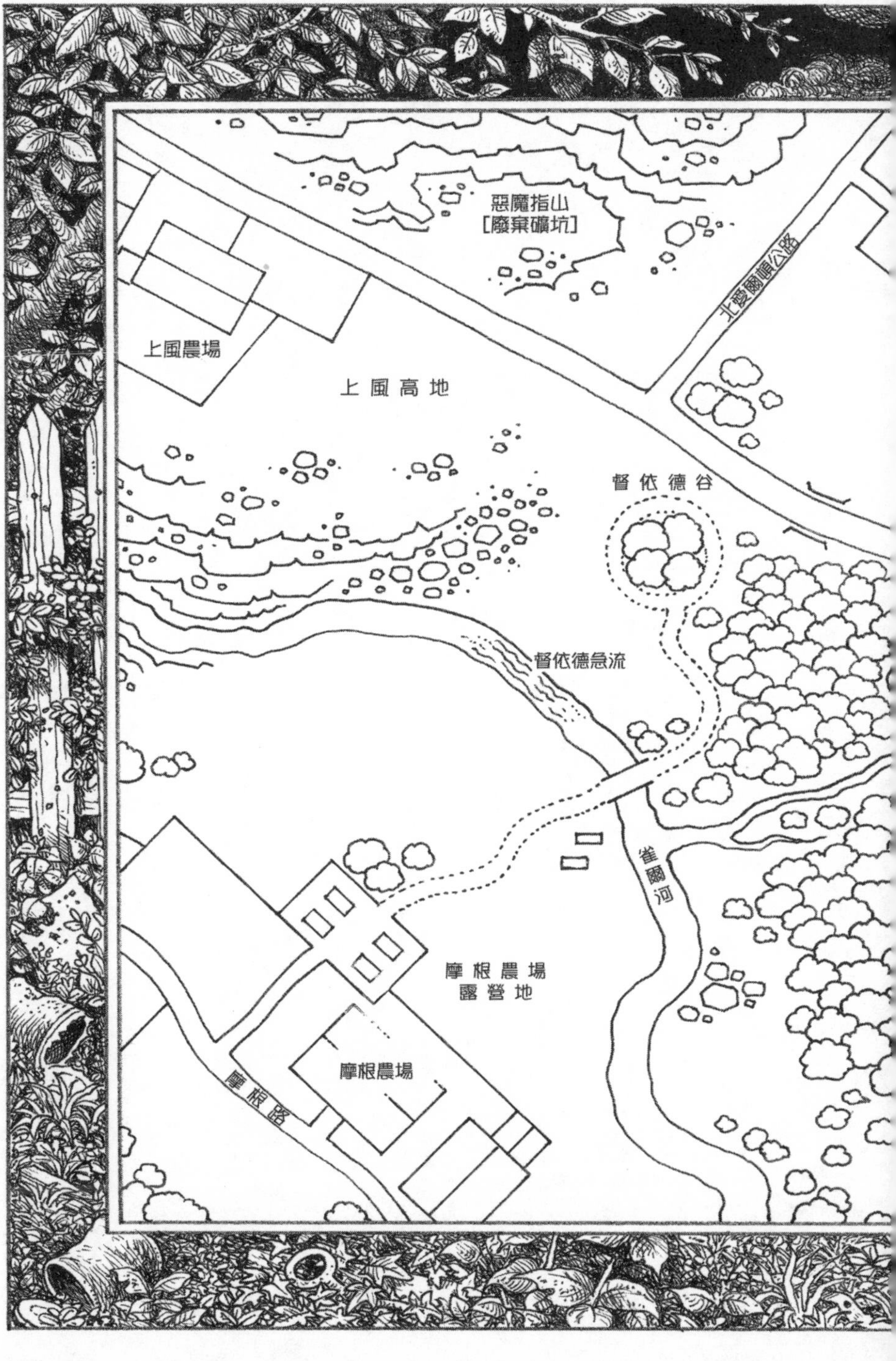
惡魔指山
[廢棄礦坑]
北愛爾頓公路
上風農場
上風高地
督依德谷
督依德急流
雀爾河
摩根農場
露營地
摩根農場
摩根路

第一章

「殺了他！」

「弄瞎他！」

「把他趕出森林！」

虎爪腹部的傷口隨著憤怒的呼吸不斷地湧出鮮血，他感覺溫熱黏稠的血正流到他腳掌下。族貓們憤怒的話語似乎來自遠方，彷彿他正在水面下，躲在和平的寒冷中。

你失敗了。刺耳的聲音在他腦海迴盪。**被寵物貓和蠢貓搞垮了。**

虎爪顫動著嘴唇忍住咆哮。**這場戰鬥我輸了，**他無可否認，**但是只要我的血還在血管裡流動，我就不會放棄。**

「虎爪，」藍星開口，「你有沒有要為自己辯護的？」雷族族長藍星的藍灰色皮毛上布滿血跡——虎爪也差不多。她的目光呆滯且游移不定。

虎爪滿意地顫抖著，他所做的一切以及計畫，完全粉粹她搖搖欲墜的內心。他知道他成

Tigerclaw's Fury 18
虎爪的憤怒

功瓦解貓兒對她的信心：藍星領導能力蕩然無存，只可惜他不能奪去她的性命。這些想法麻痺了他腹部的疼痛感，為他的雙腳帶來強而有力的支撐感。

「要我在你這種懦弱的戰士面前替自己辯護？你算什麼族長？跟其他族和平共處，**還幫助他們**！火心和灰紋替河族獵食，你不但沒有好好處罰他們，還派他們去帶風族回家！我絕對不會表現出寵物貓那種軟弱的樣子！我會讓虎族的輝煌重現，讓雷族在林中稱雄！」

「但這樣一來，會有多少貓犧牲呢？」藍星輕聲說。她抖抖身子，接著抬起頭，「如果你沒別的話好說，那麼我就判你放逐，」族長宣布，「我要你立刻離開雷族的領土，如果明天太陽升起後你還在這裡出沒，任何貓都有權殺死你。」

「殺死我？」虎爪發出咆哮。「我倒想知道誰敢來試試。」

「火心就打贏了你。」灰紋喊道。

「火心！」虎爪琥珀色的眼睛落在他的敵人身上。「不在森林出生的你，**根本不配擁有戰士名**，不管族貓怎麼喊你的名字。「你這發臭的毛球敢再壞我的事，我們就來看看到底是誰厲害。」

火心跳了起來，甩甩尾巴。即使他有一隻眼睛因為虎爪的攻擊而睜不太開，「隨時奉陪，虎爪。」他啐了一口。

「不行。」藍星吼，「不准再打了。虎爪，現在就離開我們的視線。」

虎爪慢慢站起身，腳掌因為疼痛而顫抖著。一股鮮血再次從他的腹部湧出。他聽到周圍貓兒的驚呼聲，試圖忽略它。**疼痛算什麼！失敗算什麼！**

「別以為我就這樣完了，」他咬著牙說，「我會成為族長的。願意跟我一起走的貓都會得到良好的照顧。」他看向雷族族貓中曾經的夥伴，那隻貓時常說他總有一天會當上族長。「暗紋？」

暗紋站在族貓中一動也不動。「我信任你，虎爪，」他抗議，「把你當成森林裡最優秀的戰士。但你卻跟……跟那個暴君策畫謀反，」虎爪猜他想說的是被影族驅逐而關在雷族營地的碎尾，「什麼也沒告訴我。現在還想要我跟你走？」他別過頭，不再迎向虎爪的目光。

叛徒！你居然敢在族貓面前否認你做過的一切？你將會為此付出代價！

虎爪聳聳肩。「我需要碎尾幫忙，才能跟無賴貓取得聯繫。如果你介意這檔事，那就是你自己的問題了。」他吼著。他再次看向另一名知道一切的夥伴，他曾答應會站在他這一邊，幫助他壯大自己的部族。「長尾？」

長尾驚跳了一下。「跟你走嗎，虎爪？一起被放逐？」他的聲音在顫抖，「我……不，不行。我效忠雷族！」

你根本是個懦夫！頭一次，虎爪臉上露出一絲不確定的神情。他環視貓群，想從中獲得一些眼神的暗示，過往曾信任的幾隻貓都對他棄之不顧。「那你呢，塵皮？」他質問，「你跟我在一起，會比待在雷族過得更充實。」

這隻年輕的棕色虎斑貓故意站起身，從貓群中間走出來，站在虎爪面前。「我敬仰你，」他用清晰而堅定的聲音說，「我想要變得跟你一樣。可是紅尾是我的導師，他的恩情比什麼都大，你卻殺了他。」悲痛和憤怒使他四肢發抖，但他仍繼續說下去：「你殺了他，還背叛雷族，我就是死也不願跟你走。」

紅尾本來就該死！他太像藍星了，一直在追求什麼和平與和解。算他好運，橡心沒有逮住機會殺掉他，反而是被落石襲擊而死。紅尾注定不能為生存而戰。

「虎爪，」藍星湧現紅尾被落石擊中，哀號墜入河谷的回憶。「不要再說了，你走吧。」

虎爪伸直四肢站好，眼裡燃燒著冰冷的怒意。「我走了，可是我還會回來。這點你們可以確定。我會回來報仇的！」他開始步履蹣跚地離開高聳岩。**我要表現我會活得好好的！**當他接近火心時還停下腳步，縮起嘴唇咆哮。「至於你……」他咬牙切齒地說：「火心，你給我睜亮眼睛，總有一天我會來找你，到時候你就是烏鴉的食物了。」

「你現在已經是烏鴉的食物了。」火心頂嘴，試著藏住悄悄爬上脊椎的恐懼。

虎爪瞪著戰士綠色的雙眸。

你準備好，總有一天我會殺了你。你的最後一口氣將會終結在我的爪下。你的最後一滴血會灑落在我的皮毛上。當我們最後一戰時，將會是天崩地滅的時刻。

隨著尾巴的輕彈，感覺腹部像是要被撕裂一般，他頭也不回地穿過空地。從育兒室傳來他的兒子與女兒——小棘和小褐被母親金花安撫的喵嗚聲。**我很快就會再回來。**虎爪在內心發誓。他不會離開他的小貓，也不會讓他們活在這麼懦弱的部族。他們應該以他為榜樣，在戰鬥中學到他的勇氣和格鬥技巧。**就像你今天展現的那些格殺技巧！**腦海中的聲音再次提醒他。**記住薊爪教你的一切，揪住敵方的耳朵猛烈攻擊，不管對手是小貓還是貓后。**

薊爪也沒有能力承擔領導部族的責任！虎爪回過神來，**如果他沒有讓藍星先當副族長，那**

一切都會不同。他應該選我當副族長，讓我壯大雷族才對！

他穿過金雀花隧道，幾乎沒有注意到荊棘刺著他滿身鮮血的毛皮。那些原本答應與他並肩作戰，與他到雷族殺死雷族族長的貓兒，因為四處竄逃而踩破圍籬。

虎爪啐了一口口水在地上。他早就該明白不該信任那些無賴貓。唯有真正在森林出身的貓戰士才有戰鬥能力。那些影族貓真讓他失望，獨自倖存的貓也軟弱得可以。虎爪需要更多的時間培育那些被碎星收服的貓。前任影族族長認為他們已經有足夠的戰士，但他卻認為還需要更多的森林戰士來壯大他的野心。誰敢對他有意見？

虎爪幾乎認為這場戰役穩操勝算，卻沒想到河族貓會出現壞了他的好事，霧足和豹毛居然出現在邊界幫助昔日的敵人。

為什麼這些部族貓有太多的仁慈？為什麼河族不希望雷族失去族長？虎爪愈想愈憤怒。當然，也許河族為了利益還信守對藍星的承諾，懦弱與迂腐才是她無法擁有陽光岩的原因。所以曲星最大的恐懼就是由虎爪統領雷族。

微風輕撫過橡樹與山毛櫸葉，斑駁的樹影使得兩腳獸種下的松樹下方潮溼陰鬱。虎爪停下腳步，確認後方沒有其他貓跟著他。死氣沉沉的樹林間只有黑鳥停在樹枝休息的微微抖動聲。他坐在一旁的苔蘚上，減緩他身上的疼痛感。他伸長脖子檢查腹部的傷口。火心運氣好到能對他造成這樣大的傷害。但是如果他真的想攻擊他，應該攻擊脖子才對。

虎爪撕了一些鬆散的苔蘚蓋在自己的傷口上，即使疼得忍不住嘶嘶叫，依然按壓傷口阻止血液不斷地竄流。疼痛讓他感覺昏昏沉沉，努力擊退疼痛的他在黑暗中回憶起剛剛發生的事。

他想起族貓傷痕累累、畏縮的模樣。他真的想問這些戰士想跟一隻不純的貓戰士一起巡邏生活嗎？

火心已經贏得眾貓的信任，往常原本凝視且讚賞虎爪的眼神現在都轉移到火心身上。他們居然相信一隻寵物貓的話，並相信部族不需要像他這樣的領導者。

藍星怎麼敢驅逐他？難道她忘記每次的戰鬥都是靠他贏得勝利，為族貓獵取食物、趕跑越界敵人的都是他！他們欠他很多！但他們卻像趕跑長滿蝨子的狐狸般驅逐他。他可是雷族有史以來最棒的領導者！

比你的父親松星還要優秀，一句輕聲呢喃在他耳邊響起。**當他離開成為寵物貓開始，他背叛部族、背叛了你。如果你是部族的領導者，根本不應該離開族貓。**

他爪下的苔蘚開始溢出鮮血，虎爪將苔蘚甩到地上，看了看四周。沒有更柔軟的苔蘚，但是他發現隨手可得的一些乾樹葉。他用這些乾樹葉包裹他受傷的腹部。他感覺到他戰勝了環境：森林曾經試圖想否定他，但他獲得更多。

虎爪半坐著，當他抬頭看向群樹，清晰的星星在他眼前指引出一條路。

在森林中不只有一個部族，也不只有一次機會能成為族長。他的命運一定是藏在某一個地方。虎爪還會返回雷族，與他的族貓們戰鬥。他絕對不會再失敗！

第二章

松樹下的空氣愈來愈冷，坐在地面的虎爪開始感覺到潮溼。他伸舌舔了舔感受空氣中的水分，接著伸張爪子。

他不能留在這裡。夜間巡邏隊很快就會走到這邊。如果他們發現他帶著傷和疲憊留在雷族境內，族貓眼中的憐憫是他最不想看見的。他顫顫巍巍地邁出步伐，一瘸一拐地走入松樹林深處。他遠離有兩腳獸、寵物貓和流浪狗的區域。

他選擇走向後方用松樹樹木蓋的高大圍牆，兩腳獸白天才會在這裡砍伐樹木。他很勉強地跳越柵欄，滴濺了一些血跡在木頭上。有一個和兔子高度一樣的洞穴，虎爪爬進陰影處，整個躺在地上。

空氣中隱隱約約傳來老鼠的氣味，但虎爪連追蹤氣味的力氣都沒有，更別說是追捕一隻獵物。

布滿苔蘚的戰士窩在哪裡？還有那些柔軟

的羽毛？從現在開始你擁有的只是裸露的泥土，你虛弱的連飢餓的肚子都填不飽。

虎爪的肚子傳來飢餓的咕嚕咕嚕聲，但他將自己的臉頰緊縮在土壤上以隔絕聲音。現在，睡眠比食物更重要。等他休息夠了，吃飽了以後，就可以開始打擊雷族的計畫。

他夢見他著火了，火心的爪子在他的毛皮上留下一道燒焦的爪痕。他半夢半醒之間，輾轉身體用他的爪子胡亂地快速攻擊。他隱約覺得日光從縫隙中滲透進來，似乎該醒來去找食物，但夜晚很快又降臨，虎爪的世界一直被疼痛襲擊，折磨他的好眠。

有一陣聲音似乎被迷霧圍繞般不清晰，有爪子耙過他的皮毛，牙齒靠近他的耳朵。他一個扭身只感覺到疼痛不已，他身後除了灰霧什麼都沒有。**動作太慢，一個噓聲響起。不要讓火心和藍星抓住你！他們會把你當蟲子一樣捏碎！**

「休想！」虎爪咆哮道。

他突然驚醒，氣喘吁吁地扭動他的背脊，肚子像在燃燒，爪子覆蓋在泥土堆裡。他從洞穴中爬出來，看向蒼白的日光。

他躺在這裡多久了？一天？兩天？還是更久？他的視線失去了焦點，過了一會兒他搖了搖頭。嘴巴乾澀疼痛讓他以為吞下不少羽毛。他一瘸一拐地走向柵欄邊緣的泥坑，坑內有水，是黑色的，微鹹，他強迫自己舔食到喉嚨不再感覺到疼痛。

一隻黑鳥在柵欄邊的地面啄食。虎爪將重心放在臀部下方，躡手躡腳地走向黑鳥，試著感受他的四肢。虎爪仍然感覺虛弱，但他檢查過腹部的傷口，傷處已經停止流血，邊緣開始結痂。只要身子不要伸展的太長，應該不會影響傷口。**若他不能狩獵簡直生不如死。**

他愈來愈靠近那隻鳥，一腳踏上碎裂的松針葉時，黑鳥發出鳴叫，撲騰地飛到空中。虎爪咒罵了一聲，接著坐下來舔了舔胸前的皮毛，清掉飛揚沾黏的塵土。他舔到血和泥土。他吐了口口水，然後轉身盯著陰影下的洞穴。他知道睡覺時一直有沙沙聲，老鼠低沉的吱叫與空氣中的霉味混雜著，是令他垂涎三尺的氣味。這裡是一個狹窄到難以狩獵的場所，不過和以前的荊棘叢差不多。

蹲伏時，他扯動到腹部的傷口，虎爪離開土窩。土堆的另一邊擋住了光線，虎爪往陰影深處走去，他顫抖鬍鬚，聞到細小毛皮動物的氣味。他停住不動，直到眼睛適應黑暗，定睛一看，一雙細小的眼睛回看他，嚇得動彈不得。隨後他的爪間有一隻肥美得令他滿意的獵物，一聲慘叫嘎然而止，虎爪的口鼻埋在新鮮獵物的溫暖血液和皮毛中。他認為沒必要感謝星族，這是他獨自抓住的獵物。

老鼠肉讓他的四肢開始激增力量，虎爪眨眨眼睛走向亮光處，抖動毛皮晃去塵土。

他跳過木頭柵欄，咬牙忍受腹部的疼痛，小跑步穿梭在松樹林間。在雷族標記線以外有一條小灌木叢，走在那裡面不會被巡邏隊發現。

兩腳獸高大的木柵欄和紅色的石牆隱隱約約出現在樹林盡頭。稀薄的荊棘和濃密叢生的蕨類植物一直影響虎爪的腳步。

他低下頭，嗅聞綠葉被路過的生物凹折的痕跡。在那裡！在距離雷族邊界一條狐狸尾巴的距離，他聞到因戰鬥而恐懼的刺鼻氣味。

戰鬥？那更像是夾著尾巴逃跑的小貓！一個聲音在他腦海中響起。**你這個蠢蛋居然會相信**

他們！虎爪垂下耳朵。**我別無選擇。但我現在已經脫離雷族，一切狀況將有所不同。**

虎爪小心翼翼地穿過茂密的草叢，沿著氣味走到兩腳獸邊境。地面有明顯可見的血跡，希望那隻貓不會傷得太嚴重。這些可憐的傢伙懦弱得可以，他根本沒空管別隻貓死活。

他豎起耳朵聆聽是否有雷族巡邏隊經過。太陽高高掛在天空，兩腳獸的邊界陰影幾乎籠罩了他。虎爪想到以前族貓們早上巡邏以後，會休息一下共享新鮮獵物再出發。一想到食物，他的肚子傳來一陣咕嚕聲，但他強迫自己繼續前行。他絕對不會獵捕屬於雷族的獵物。

越過雷族邊境穿越樹林，傳來連貓兒都會害怕的怪獸惡臭味。虎爪立即進入荊棘叢中，猜想這裡至少能讓他避免危險。他聽到很微小的對話聲。

「安靜，有貓來了！」

「是雷族巡邏隊嗎？我們不能像兔子一樣被困在這裡。」

「噓！我們會被發現。」

虎爪鑽出荊棘叢發出一聲嚎叫。五雙眼睛驚恐地盯著他。然後他們一個個眨著眼睛，眼神不再害怕。

「虎爪！」骨瘦如柴的公貓喵聲道，「你還活著！」

「拜你所賜，爪面。」虎爪咆哮道。

「我們打算等傷口復原以後再回來找你的。」有著壯碩肩膀，黑色爪子的白色公貓解釋。他的名字叫黑足，和爪面一樣，在碎星被抓以前，一直追隨著碎星的腳步，並被趕出部族。

另外兩位前影族戰士，一隻是棕色虎斑貓胖尾和另一隻灰棕色母貓糾刺，一起站起身走向虎爪，並用尾巴刷過虎爪側腹。

「我很高興看到你，虎爪。」糾刺咕噥道，但她背脊豎起的毛髮告訴了虎爪，她在說謊。在場所有的貓，包含曾在臨時搭建窩穴徘迴的流浪貓——那隻巨大薑黃色公貓斷牙，琥珀色眼睛都表現出害怕看到虎爪死裡逃生的模樣。他們只是和一群貓后和長老戰鬥，最後居然失敗。

虎爪聞到恐懼的氣味，並感到興奮。這群貓對他來說還有用處。他強忍住想伸張開的爪子，想撕裂這群在戰鬥中拋下他的夥伴。但目前他們是他唯一的夥伴，雖然他們都怕他，他依然是可以利用他們為所欲為。

他環顧四周。「莫格利去哪裡了？」他之前在兩腳獸的地盤，遇到這隻綠眼睛的棕色公貓。他有著光滑壯碩的皮毛和堅定的眼神。之前虎爪曾承諾這名戰士，若一起並肩作戰，他獲得的會比森林貓還多。

糾刺聳聳肩。「我不曉得。他被雷族的見習生抓傷耳朵，我想他叫作蕨掌。在這之後再也沒有看到他出現。」

虎爪撇撇嘴。被見習生弄傷？希望他沒有看錯莫格利，顯然莫格利還需要更多的訓練，更該鼓勵他在有限的能力，也能對抗耳朵還在長毛的小貓。

爪面一瘸一拐走向虎爪，丟了獵物到虎爪腳下。「我之前抓到這隻老鼠，」他喵聲說，「你看起來很需要休息。」

虎爪盯著那塊可悲的獵物。他該顯示他的弱點，承認他現在很餓嗎？還是應該帶著這些貓去找食物和休息的地方？身為一族之長該怎麼做？

藍星會留下最虛弱的貓，並為他們尋找新鮮獵物。聲音響起。**難道這是你要的領導方式？**

虎爪歪下頭，開始啃咬那隻小獵物。他抬起頭，用舌頭舔舔他嘴唇。「我們還需要更多的獵物。這裡有誰傷得不嚴重？」

糾刺用尾巴比了比。「我有個小傷口在腹側，但應該會癒合得很快。」她看了看肩膀，「而斷牙的毛皮比較厚，可以保護他不會有嚴重的咬痕。」

一隻獨行貓走出陰影。「我還可以狩獵。」他附和道。

虎爪點點頭。「很好。那你們兩個各自帶兩份新鮮獵物回來。」

糾刺瞪大了雙眼，卻什麼話也沒說。

做得不錯，學得很快，虎爪心想。兩隻貓結伴穿過荊棘叢。

「虎爪，你的腹部好像在流血。」黑足欲言又止地喵聲說。他伸出鼻子，在虎爪沾黏濃稠紅色皮毛的一側聞了又聞。

「沒什麼，」虎爪厲聲說：「過幾天就會癒合。」

「那些雷族貓比我預期的更激烈反抗，」在黑足旁邊的爪面也點點頭表示同意。「尤其是那隻寵物貓，火心。」黑足繼續說：「他雖然是在兩腳獸地盤出生，卻學會如何像一名戰士般的戰鬥。」

「他是一隻**寵物貓！**」虎爪反駁，「不要說得他好像是一名戰士。在森林裡他沒有開口的權力，藍星並沒有賦予他部族的血統。」他轉過身，輕輕擺動尾巴。「我會找到更多的貓，教你如何正確地戰鬥。然後我們再次攻擊雷族，**火心必死無疑**。」

第三章

虎爪睜開眼睛，薄霧灰光從荊棘之間透了出來。還未到黎明時分，但空氣很溫暖，四周有熟睡的貓兒依偎著他。虎爪小心地移動，確認不會碰到爪面的背脊，影響他的睡眠。

虎爪緩慢爬起來，走出灌木叢。轟雷路非常沉靜，森林聞得到明顯的清新味。他看著樹木，承認即使在微光之下，他也能一清二楚地辨識屬於雷族領地的氣味標誌。他感受到全身的皮毛豎起，他想像得到火心蜷縮在戰士窩，夢到勝利的那一刻。

好好安眠，寵物貓。

從他身後傳來踩斷樹枝的斷裂聲，斷牙走出來，抖動他的厚皮毛甩掉灰塵。「你有發現巡邏隊嗎？」他問道。

「不，現在還太早。」虎爪轉身朝轟雷路望去，樹幹之間依稀可見。「不能待在這裡。我們不能被雷族發現，現在我們需要更多的領地以便狩獵。去叫醒大家。現在，我們在黎明巡邏隊出現以前離開。」

斷牙的身影消失在荊棘叢，留下虎爪獨自在這片他誕生的樹林裡。**我會回來的，他發誓。等我強大到足以撕裂火心，連雷族我也不會放過。**

糾刺邊打呵欠邊走出荊棘叢，當她一看見虎爪時立即閉上嘴巴，她抬起頭問：「我們要去哪裡？」

虎爪揮揮尾巴指向轟雷路。「我們將要穿越這裡，以及影族邊界，直到抵達原始森林的位置。」

胖尾看起來嚇壞了。「萬一巡邏隊抓到我們怎麼辦？影族邊界一定不歡迎我們！」

「太陽還沒有升起，不會有任何巡邏隊。」黑足喵聲說。

虎爪帶領群貓穿越長草的邊緣和黑色光滑的轟雷路。平如河面的路上毫無動靜，路面留有怪獸的氣味，但溼滑有水滴，走在上面涼爽宜人。群貓奔跑，一頭紮進另一邊的草地上。沒有任何一隻貓開口說話，因為他們進入松樹林邊界。

虎爪看到黑足的毛髮豎起，爪面的眼神搜尋四周，群貓對著前方警戒。當他們穿越轟雷路另一頭時，樹林這一邊同樣沉靜，群貓躡手躡腳地沿著兩腳獸的柵欄圍牆走，直到他們走到爬滿藤蔓的老樹林，這區域的葉子厚實，還有下垂的紫色、朱紅色花朵。

「這是離領土最遠的一個角落，」爪面低聲說。「這些灌木來自兩腳獸領地，難以通行，影族以此作為部分的防禦。」

「這些植物也可以掩護我們，」虎爪喵聲說：「想辦法通過。」

黑足沿著樹枝分岔走，接著跳到地面上。「那裡有一條路，」他咕噥著說。「我以前還是見習生的時候曾經走過。」

糾刺扭動她的耳朵。「當時你運氣真不錯，平安回來，那一頭有什麼東西嗎？」

黑足眨了眨眼睛。「只有更多的樹，」他喵聲說。「你以為會有什麼？狐狸或獾的家族，等著宰你嗎？」

糾刺揮甩尾巴。「我是忠誠的影族戰士，」她怒喝道。「知道部族以外的領地，不是我的職責。」

「嗯，但我們需要改變，不是嗎？」虎爪咆哮道。「來吧。」

他掠過黑足，爬過一根灰色粗枝，鑽進樹林中心。聽見大家緊隨在後，他繼續向前爬行，忽略腹部撕傷的疼痛感。很快地，他又再次被鮮綠的葉子團團包住，但他強迫自己，轉到有明顯空間的另一頭。

原始森林的一部份顯現在他眼前，看起來更像雷族領地而非影族領地。這裡有布滿青苔的老橡樹，樹幹斑駁的白蠟樹，而非一整排的松樹。

其他貓跟在他身後，氣喘吁吁。「所以，這裡就是我們的領地。」爪面喃喃道。

黑足豎起他的雙耳，「那邊有一棵倒下的樹，看起來有一個窩在裡面。」他喵聲說。

他興高采烈地跳離覆蓋地衣的地面，躍上樹枝。這裡潮溼的土壤中長著許多真菌團塊。他一會兒消失在倒下的橡樹後面，一會兒又出現在樹幹上。

「這裡太完美！」黑足發出一聲吼叫。「快過來看看！」

虎爪跟著群貓，他們到處奔跑，興奮得像隻小貓探索橡樹。找到居住地不是一個挑戰，在這裡甚至連狩獵都很容易，除了偶爾會有大膽的寵物貓來競爭。他們需要儘快開始戰鬥訓練，虎爪需要再找到其他貓加入他們，因為他不會再相信這幾隻貓。

當他走到樹的另一邊，糾刺和胖尾已經準備拖走地上的刺藤。「這能幫助我們建造強大的窩穴。」糾刺滿嘴都是葉子。

斷牙繞過枯木的分枝。「這裡有一灘水，」他宣布。「不過味道不夠新鮮。」

黑足看著爪面。「也許我們該去狩獵，準備新鮮獵物堆？」

爪面點點頭，但虎爪插手並阻止了他。「這不是一個扮家家酒的遊戲，」他警告說。「你忘記我已經放棄管理雷族？都是因為藍星太過軟弱，她削弱了整個部族，給寵物貓太多的信心。只要我們足夠強大，我們將能再次攻擊！」

在場所有的貓都閃過不確定的眼神，虎爪注意到黑足看了他肚子一眼，白色公貓彷彿擔心他的傷口永遠不會癒合，能力不足以戰鬥。

你確定這些貓相信你能夠領導嗎？一道聲音在他的腦海深處低語。**如果他們無法相信你可以提供更多的食物和居住地，你什麼都不是。**

虎爪緊握腳爪，讓它們陷入柔軟的肉球。「狩獵，準備窩穴，並確保我們不會被影族巡邏隊發現，」他命令道。「明天我們開始訓練。」

「斷牙，不要害怕使用你的體重壓制你的對手。如果他無法呼吸，可以更容易擊倒。」虎爪伸出爪子，攻擊斷牙，對方掛在爪面身上，他顯得憂心忡忡。

胖尾豎起他的耳朵。「但現在斷牙必須平衡另外三腳，我可以反制他，使他不能攻擊我。」他建議道。

「沒錯，但是要注意他的腳陷入泥土反而有利，這讓你不能攻擊到爪面。」虎爪退後一步，看著斷牙揮下爪子攻擊爪面，同一時間胖尾衝撞他的臀部。巨大的薑黃色公貓突然發出噓聲，把爪面摔到另一邊。雖然斷牙還躺在地上，另外兩隻貓已經跳到他身體上。

「好多了，」虎爪喵聲說。他掃視樹木。「黑足和糾刺在哪裡？他們應該在狩獵後就過來才對。」

他們在原始森林練習了三個日出。所有貓的傷口現在都已痊癒——除了虎爪的傷口在他伸展身體時會滲出血。他們的臨時窩穴提供很好的保護，足以躲避暴雨。樹木鬱鬱蔥蔥，圍繞在一起，使狩獵變成非常容易的事，出來吃種子或堅果的獵物總是會被暴雨沖刷而下。

胖尾瞥了一眼爪面。「他們很快就會回來。」他喵聲說。

虎爪的語氣非常不高興的反問，「他們在哪？」他咆哮道。

「他們絕不會越過邊界，我敢保證。」爪面喵聲說，同時貼平他的雙耳，「不過……不過我們一直在我們這一邊輪流巡邏，也確認影族的氣味記號沒問題。我們擔心族貓。我們來到這裡已經有一段時間，都沒有聽到或看到任何邊境巡邏隊。萬一發生什麼可怕的事情呢？」

虎爪眯起眼睛。「這對你來說很重要嗎？他們現在不是你的族貓。」

胖尾抬起頭。「但他們很接近我們。我們不會因為他們不讓我們住在那裡，就停止思考。」

虎爪欣賞他帶著挑戰的口氣說話。**這種忠誠能夠很好地為你服務**，評論的聲音在他的腦海低語。「我去找他們。」他喵聲說。

爪面瞪大了雙眼。「你不會懲罰他們，對吧？」

恐懼是關鍵。「這要看他們做了什麼。」虎爪從訓練區域悄悄地走開。訓練區是一個乾淨平滑的區域，有一個樹樁，一圈荊棘叢和一條小溪流。

虎爪鑽進灌木叢，沿著一條半平坦小徑走，兩邊都是糾結的樹牆。他猜測前影族貓不會花時間在這裡巡邏，因為不方便穿過茂密的樹葉。所以他沿著屏障邊緣小跑步，直到看見更加寬廣的林地。這裡有粗糙、長滿青苔的橡樹，高聳入天，還有樹鬚筆直的松樹。

不久，他發現了黑足的白色毛皮，他鬼鬼祟祟地躲在樹幹之間。糾刺在他後方幾步遠的距離，用樹葉做遮蔽。虎爪待在那裡，嗅聞影族標記氣味的距離，同時等待。他們似乎就在標記氣味的邊界，沒有越界，但近得足以被任何路過的貓聞到。他們互相低聲交談，語氣中充滿焦急。

「你們忘記要做格鬥訓練嗎？」虎爪用他們聽得到的音量喵聲問。

兩隻貓盯著他看，他們的眼睛因內疚而閃爍不明。「我們……我們只是在用我們的方法。」黑足結結巴巴地說。

「別撒謊，」虎爪喵聲說，他撲向他們，嗅聞他們身上的皮毛。「你全身都是影族的味道

——比你以為的還多。我的意思是，你在跟誰說話？」

糾刺貼平她的耳朵。「我們沒有跨越邊界，我保證。我們只是想看看他們。」

虎爪揮動尾巴。「是誰？」他想逼迫他們承認，他們仍然忠誠於以前的部族，他將永遠無法信任他們，指導他們訓練方法。

等他們一站起身你應該立即殺了他們，一個聲音鼓勵他。

黑足向前一步。虎爪意識到白色公貓和他一樣高時，後退一步。

「我們並沒有做錯什麼，」黑足堅持道。「我們只是想知道為什麼邊境巡邏隊這麼少。我們看見曙雲和花楸莓在打獵。有一個可怕的疾病在影族蔓延，幾乎每個戰士都受到影響。沒有狩獵巡邏隊，整個部族正在挨餓。」

「這個疾病來自腐肉場，」糾刺補充道。「鼻涕蟲已經盡他所能，但還是太多的貓被感染。」

「你為什麼認為這是你的問題？」虎爪溫和地問。「你已經因為效忠碎星，而被族貓們放逐了。」

黑足的眼睛閃了一下。「我忠於碎星，是因為他是我族的族長，就像每個影族戰士都應該做的。不管發生什麼事，我還是影族貓。」

糾刺點點頭。「這些貓在生病而且飢餓，他們是我的親友。也許我已經離開部族，但我不能忘記他們。」

那一刻，虎爪感覺如刺般的忌妒。他並沒有想念他的族貓，不管是背信棄義的暗紋或長尾，抑或是那些虛弱、愛奉承寵物貓的戰士。而黑足和糾刺即使沒有貓會再關心他們，仍然懷有情感，這會使他無法再控制他們嗎？

你不能挑戰他們的忠誠，警告的聲音響起。**所以利用它成就自己的目的。若影族如他們所說的一樣虛弱，那將不會對你的命運造成威脅。記住，仁慈是偉大的表現。**

虎爪眨了眨眼睛。「為了你們自身的安全，我禁止你們進入影族的領地，」他喵聲說。「但我想親自聽聽看，他們的營地發生什麼事。我們可以等到下次的巡邏隊現身，到時我會和他們談。」

他們並不需要等太久。嘎吱作響的細樹枝和枯葉，都說明巡邏隊有固定的巡邏時間。暫時停止的常規告訴虎爪，他們在同樣的位置標記氣味——只有單一的氣味才能確保部族的安全。三隻貓估算可以觀察的距離，各自躲到三棵樹幹旁。

虎爪瞇起眼睛，發現蕨影、鹿足和圓石。出生在兩腳獸地盤的灰色大公貓第一個發現他們，並撲上前。

「糾刺！黑足！花楸莓跟我說，她之前見過你！你在這裡幹什麼？」圓石的眼睛明亮，但他的毛皮和側腹因飢餓已可見肋骨。

「我們現在住在這裡，」糾刺喵聲說，一邊用她的尾巴指向橫倒的橡樹。「有胖尾和爪面……和虎爪。」

圓石的瞳孔漸漸縮小。「我們聽說你們攻擊雷族，」他喵聲問。「對吧？」

黑足甩甩尾巴。「那不是我們想和你談的事。影族現在發生什麼事？你真的會因病而死嗎？」

蕨影悄聲退後了一步。她的樣貌比虎爪印象中還老，玳瑁色的皮毛稀稀疏疏，一隻閉著的眼睛溼潤且分泌黃色黏液。「我們自從鼠疫以後一直在生病，但從來沒有這麼糟糕過，」她發出尖銳的聲音。「鼻涕蟲已經有四分之一的月亮時間，沒有好好睡覺，試圖找到足夠的草藥給我們所有的貓。」

「你為什麼要告訴他們呢？」鹿足站在族貓們之間，對著他們咆哮。「這些貓不再是我們族貓。當他們決定追隨碎星時，就不遵守戰士守則了。」他瞪著黑足和糾刺，然後他將目光停留在虎爪身上。「這隻貓不值得信任，」他輕聲地咆哮道。「這都是你的計劃吧，虎爪？我以為你的族貓會撕裂你的皮毛。」

虎爪強迫自己壓平皮毛。「我已經選擇離開，」他喵聲說。「雷族現在只聽寵物貓的話，藍星比任何貓更相信火心的話。」

鹿足目瞪口呆。「我真是無法想像你會輕易放棄，虎爪。」

糾刺用她的口鼻輕觸蕨影側面。「你看起來很累，」她充滿遺憾的喵聲說。「你們需要我們幫忙狩獵嗎？」

「不！」虎爪、鹿足異口同聲說。

「我們可以自己找。」影族貓堅持道。

「你沒有虧欠這些貓，」虎爪發出噓聲。「我聽夠了。來，跟我走。」他轉過身，一時間心跳加速，因為他想知道糾刺和黑足是否會服從。一陣短暫的沉靜，他才聽見腳步聲跟著他。

「願星族照亮你的路！」蕨影叫道。

「你們也是。」糾刺低聲道別。

〃〃〃

「我們會再見面的，虎爪！」薑黃色公貓咆哮道。「這一次，我絕不會讓你活下來！」

「是嗎，火心？」虎爪冷笑道。「你忘記你只是一隻軟弱的**寵物貓**嗎？」他向前跨出一步，利爪劃過橘色皮毛。在他周圍，他可以聽到雷族貓憤怒的嚎叫，地面都是拳打腳踢的攻擊聲。在他的夢境裡，虎爪拚命地想看清楚四周，想看看是誰與他並肩戰鬥。誰會與他面對前部族，一起並肩作戰？

而訓練有素的戰士與他默契十足，那裡的東西都沒有影子，暗影中充滿了尖叫聲和腳步潰擊聲，以及稀薄的黑色空氣。雖然如此，虎爪感覺到火心的利爪揮向他半癒合的肚子傷口，他側身一跳，用他的牙齒反擊公貓的脖子。

他上下顎緊閉，口中全是沙土落葉，虎爪醒過來時拚命咳嗽，他用腳掌清理掉滿嘴的葉子。

「你還好嗎？」爪面從他身邊經過時疲倦地問。

「沒事。」虎爪咆哮道。他站起身，離開窩穴，抖抖身體甩去那個惡夢。

如果他每一次都必須獨自對抗，他也不會放棄！即使是一群影子敵人，他仍然會贏！

他停頓了一下。夢中的陰影與他並肩作戰，嚎叫聲與他每一次的攻擊搭配得相互得宜。他理清他的思緒，抬頭看著樹枝縫隙的乳白色天空。**這是一個星族的預兆嗎？給予影族幫助，利用他們打倒火心？**

第四章

虎爪等到附近有許多腳步聲出現時，才從蕨類植物叢後方走出來。

花楸莓突然停下動作，咖啡奶油色皮毛沿著她的後背豎起。在她身後，所有的巡邏隊也停下來，帶著戒備的眼神盯著虎爪。

虎爪甩甩尾巴。「我是為和平而來，」他聲音低沉地說：「我知道關於影族正在傳染的病。我和我的朋友們會幫助你們狩獵，不求任何回報。你們的前族貓因為追隨碎星所投以的錯誤忠誠，我希望你們能原諒。他們知道錯了，想要賠罪。」

花楸莓瞥向他的後方。「我沒看到他們在這裡。」

虎爪低下頭。「他們不知道我會先來找你們談。對於祈求你們的原諒他們低不下頭，所以我代替他們過來。請讓我們幫助你們補充新鮮獵物堆，幫鼻涕蟲找藥草，直到這個病從部族銷聲匿跡。」

曙雲走向前，她蒼白的薑黃色皮毛在黎明陽光的照射下閃爍光芒。「他們想回到營地嗎？」她問道。

虎爪搖了搖頭。「不，我們會待在我們原來的地方，進入部族只是幫忙。我保證，我們不想要任何東西，只是幫助你們。」

「我可以理解為什麼我們的前族貓想幫助我們狩獵，」石牙喵聲說。灰色公貓看起來已經準備好加入長老的行列，即使他的腿仍健壯，能在營地來回走動。「但是為什麼你要幫忙，虎爪？你從來都沒有朋友在影族。」

虎爪聳聳肩。「我現在是沒有部族的無賴貓，我居住在邊界的外圍。你們的族貓不久以前曾幫助過我，我正在幫他們的贖罪。」

老公貓瞇起眼睛。「我不知道夜星會怎麼想。」

「他會說，驕傲不會使我們新鮮獵物變多！」曙雲活潑地反駁道。「虎爪，這真是一個慷慨的幫助，我們接受。」

「但你不需要把新鮮獵物帶到營地，」石牙喵聲說。「明天黎明時分我們會在這裡，你再把獵物交給我們。」

虎爪點點頭。「當然，如果這是你期望的。誰不希望有一段安全的路可以回到營地。明天我們會到這裡。」他趁其他貓還未開口時，轉身離開，走入更深的蕨類植物叢。

仁慈是偉大的表現。下次當太陽升起時，影族就會回饋他的付出。

Tigerclaw's Fury 42
虎爪的憤怒

黑足和糾刺聽說影族願意讓他們狩獵而感到很高興，但爪面並不相信。

「如果這是一個陷阱？」他咕噥道。「他們可能是生病了，但他們的數量仍然超過我們。一旦我們在影族營地，任何事情都有可能發生。」

「他們只會在邊界領取新鮮獵物，」虎爪喵聲說。「我不會為了填飽他們的肚子，替我們招來任何危險。」

古老橡樹區是絕佳的狩獵範圍，儘管地面比虎爪以往習慣的還潮溼。斷牙設法把一隻松鼠從樹上趕下來，用他的腳掌揮了一拳。糾刺回來的時候嘴裡掛著一隻青蛙。

「影族**喜歡**吃這個。」當看到虎爪噘嘴時，她滿口獵物的喵聲說。

他們回到邊界有蕨類植物叢的區域，虎爪實現他的諾言。補足一個部族的新鮮獵物堆，但又不會太多，只是讓影族以為這是為了他們狩獵。即使在前一天兩次長時間的狩獵後，虎爪仍堅持戰鬥練習直至太陽沉沒。

糾刺強勁的頸部肌肉能幫助她兇猛撕咬，虎爪一直鼓勵她磨牙齒，用老蘋果樹的樹樁，那是最強硬的木頭。斷牙對於使用他的體重優勢不再小心翼翼，在胖尾需要喘口氣的瞬間，他會使出一個特別重擊。

「你來了。」

虎爪忽略石牙微弱的驚喜聲。「我一向信守我的承諾。」他喵聲說。

圓石低下頭，用鼻子嗅聞獵物。「這能幫助我們補足新鮮獵物堆好幾天的份量。」他回應道。

曙雲對著前族貓眨了眨眼睛。「謝謝。我會確保夜星知道你做了什麼奉獻。以後再也不會對你們懷有怨恨。」

「好的，」虎爪喵聲說，「為了確保夜星知道是誰在幫助他，我們會幫你把這些獵物送到營地。」

圓石繃緊身體。「你說你會遠離影族領土。我們不能保證我們的族貓會有什麼反應。」

虎爪充滿自信地走到氣味標記線。「曙雲說過，你們的族貓只會感激我們的幫助。」他轉頭看向後方，對著在蕨類植物叢等待的貓說：「來吧，所有的貓跟我走。」前影族貓謹慎地加入他。斷牙斷後，當前族貓衝過他時，他皺起鼻子。

虎爪拿起松鼠——最大的食物來源，並用尾巴指示其他來幫忙的貓。石牙瞇起眼睛，但一句話也沒說。曙雲帶頭穿過松樹，用她的尾巴輕觸胖尾一下。虎爪知道他們的親密來自於師徒關係，他決定密切關注這隻公貓，以確保他的忠誠，而非一心一意想回到他以前的部族。

當他們接近荊棘叢時，虎爪的口鼻充斥著影族營地一波又一波傳來的惡臭。松鼠在他嘴中，他忍住噁心。他看到夥伴們面露警戒的模樣，他們一樣很抗拒。

圓石放下麻雀時，停在營地入口。「沒有貓躲得過疾病，」他平靜地喵聲說。「如果你不想冒著被感染的危險，你就該離開了。」

虎爪抬起頭。「我們不會因為害怕而拒絕提供幫助。」他滿嘴松鼠皮毛堅持道。他身邊的黑足點點頭表示同意，即使斷牙看起來愈來愈不願意繼續前進。

他們跟隨圓石穿越荊棘叢，進入營地寬廣的空地。虎爪發現角落的新鮮獵物堆——只剩令人同情的殘骨和羽毛。他大步走過去。

虎爪放下松鼠後，環顧四周。有許多帶有敵意的閃爍眼神，空氣中瀰漫著震驚的低語聲。花楸莓走出窩穴。「曙雲告訴我們，你們會幫我們狩獵。不過我們不希望你親自把它帶過來。」

糾刺將她嘴裡的青蛙丟到獵物堆，小跑步到舊族貓身邊。「我們知道你們的狀況，」她喵聲說。「請不要把我們趕走。」

虎爪背後的樹枝發出輕微的沙沙聲，體弱多病的巫醫貓——鼻涕蟲出現在他身邊。一隻極瘦的黑公貓也步履蹣跚地走出來，他的皮毛看起來可以在他的骨頭上滑動。

「你來這邊，真是一個勇敢的決定。」夜星發出尖銳的沙啞聲。

虎爪低下頭。「你的前族貓不會袖手旁觀，讓你們餓死。現在我忠誠於他們。這不是勇氣，這只是遵從戰士守則罷了。」

曙雲走到夜星身旁。「你看，有看到新鮮獵物堆嗎？」她輕輕地提示。「我們今晚都能飽餐一頓！」

「我們仍然可以自己狩獵。」從空地另一旁出現一聲咆哮。

鹿足走向前，他的眼睛散發亮光，虎爪認為這可能是感染的前兆。「**這些貓**離開我們部族是有原因的。在歡迎他們回來以前，也許我們該慎重思考。」

鼻涕蟲壓平耳朵。「這些貓，你這樣叫他們？他們拯救我們所有族貓避免餓死，」他喵聲說。「該向他們表達一些感激，鹿足。」

爪面環顧四周。「煤毛在哪？」他問道。「我聽說他已經是副族長了。」花楸莓悄然無聲地走向他。虎爪回想到，她和爪面很久以前是伴侶關係，煤毛是他們的其中一隻小貓。「他死了，爪面，」她低聲說，將身體靠在他的肩膀上。「他是將疾病帶入營地的貓，因為他抓到一隻被感染的老鼠。」

爪面幾乎快站不穩，向後退了一步。「他死了？」他難過表示。「我應該在這裡的，花楸莓。如果是我抓住了那隻老鼠……」

母貓用尾巴按住他的嘴。「噓。現在我們的兒子加入星族的行列了。他會知道你為我們今天所做的事。」

虎爪偏頭，「誰取代煤毛成為副族長？」他問夜星。

老族長站著，卻開始打起瞌睡。

「夜星已經連選一個新副族長的力氣都沒有了，」鼻涕蟲表示。他微微靠近這隻黑公貓，用他的身體幫忙撐住老族長。虎爪這輩子從來沒有看過這麼多虛弱可憐的貓。「現在所有的職責都是由我處理。」影族巫醫繼續說。

虎爪沒有多餘的時間去想像。這裡沒有足夠的健康貓兒，無法定期組織狩獵隊或去邊界巡邏，之前他和其他貓在邊界的另一邊已經注意到這種情況。一陣好奇感在他的腹部騷動。疾病、年老的族長、沒有副族長，巫醫精疲力竭地想幫族貓們治癒疾病……影族猶如正下沉到河底的石頭。

夜星扭動身體，試圖站挺身子。「虎爪，你幾乎把所有的新鮮獵物都給我們了，」他一本正經地喵聲說。他用尾巴示意。「請你先為自己著想。」

虎爪低下了頭。「我們不敢想，夜星，」他喵聲說。「我們只是幫忙抓獵物給你們。影族對獵物的需求遠遠大過於我們。不過，如果你允許的話，我們將會繼續為你們狩獵，直到你的族貓們再次恢復強壯和健康。」

夜星發出呼嚕聲。「你真慈悲，」他沙啞地說。「也許星族會再照亮你的路。」

「哦，希望祂們會。」虎爪喵聲說。他轉身並用尾巴輕彈，召集他的貓群。爪面依依不捨地離開花楸莓，胖尾眷戀地看了曙雲一眼，不過他們依舊跟著虎爪，步出營地走向松樹林。

「我送你們到邊界。」石牙示意道。但虎爪搖了搖頭。

「留下來和你族貓好好享用食物，」他催促道。「我們知道回去的路。」

在他身後的夥伴，彼此相互小聲交談，討論他們前部族的疾病和虛弱。斷牙深表同情，發誓要抓住森林裡的每一隻松鼠，直到前部族的貓都病好。虎爪豎起半耳仔細聆聽。他完全不介意哪隻影族貓的生病或死亡。現在，他用贖罪的理由來表示他對這部族的善意，對他非常有利。

如果仁慈就是力量，我從來沒有因此更強大。

第二天，虎爪讓其他貓離開，大家感同身受的再次為影族狩獵。並且決定日正當中後，他們會進行格鬥訓練的會議。

當群貓吵鬧地相擁穿過蕨類植物叢，走向森林深處時，虎爪獨自走向另外一邊，朝著兩腳獸地盤去。記憶中莫格利曾對他嘮叨，雖然那隻獨行貓在與雷族戰士發生衝突時，就掉頭跑走了。不過這一隻年輕的棕色貓——他渴望學習部族的生活，他有強烈的戰鬥慾望——這代表這隻貓也許有用處。

虎爪最後一次見到莫格利，是在與火心對戰的時候。當莫格利用爪子瞄準寵物貓的喉嚨時，蕨掌使他失去平衡，並將他拖走。後來火心在藍星的窩制服他時，虎爪知道他不能對莫格利太苛求。這隻生活在兩腳獸地盤的無賴貓，卓越的格鬥技巧確實很有幫助。虎爪願意再給他一次機會。但如果這隻棕色貓又失敗，會是他這一輩子最後悔的時刻。

他抵達一個很高的木柵欄，擠入木板之間的縫隙。他的腦海被兩腳獸地盤周圍濃郁的氣味重擊：森林裡少見的五顏六色的花，甜膩味道的短草，還有他腳下的所有東西，以及那些詭異的怪獸，散發和轟雷路一樣可怕的氣味。

虎爪快速地穿越有著淺綠葉的矮草叢，並縱身一跳越過低石牆。在這一邊，有一條狹窄的黑紅色石頭路，通往兩腳獸的窩。模糊的印象中，他曾經到過這裡。如果他這樣走——他轉身並跑向凹凸不平的石頭路，將身體隱身在陰影中——他走向塵土飛揚的空地，總是會有獨行貓在那裡曬太陽。

他眼前的光線愈來愈明亮，直到刺入他的眼睛。走到躲藏陰影的路徑盡頭，虎爪凝視著明亮的白色空地。幾隻毛茸茸的貓躺在一塊兒，散發慵懶的氣息。

有一隻貓轉頭看向他。「我們有新朋友來了。」全身銀毛的母貓對著她的同伴喵聲說。

一隻棕色胖虎斑盯著虎爪。「臭死了。」

「這味道聞起來很像森林貓，」第一隻貓喵聲說。「你在這裡幹什麼，陌生貓？你忘記怎麼捕捉松鼠嗎？」

虎爪不在意他們。遠處一閃而逝的動靜，已經引起他的注意。他眯起眼睛仔細看，似乎是一隻身材瘦長的模糊黑影，跑到一堆石頭後面就消失了。他的皮毛興奮得刺痛，他繞著空地邊緣行走。大部分的獨行貓都沒在意他，當他走向那團陰影時，出現一聲咆哮。虎爪抵達他看見黑影消失的地方，用鼻子嗅聞破碎的岩石。他認得這個氣味……

「莫格利？」他輕聲叫。

他聽到石頭背後傳來長草的沙沙聲。「虎爪？」一聲謹慎的低語出現。

過了一會兒，一隻身材瘦長的棕色公貓跳了出來。他帶著小心翼翼的眼神，全身的皮毛沿著頸椎蓬起。「是……是你在找我？」

虎爪眨了眨眼睛。「我沒有進入兩腳獸地盤的習慣。」他咆哮道。

莫格利鬼鬼祟祟地靠近，他低著頭，口鼻幾乎可以觸及地面。「對不起，虎爪，」他喵聲說。「我知道我不應該讓那隻貓抓住我，我知道你有多想殺死那隻薑黃色公貓。」

「錯誤已經發生，」虎爪咆哮道。他不打算讓莫格利以為他沒對他感到失望。「我只是想知道，你會不會再犯一樣的錯誤。」

棕色貓抬起頭看著他，他的綠眼睛充滿強烈的渴望。「絕對不會！」他發誓。「我一定會與你並肩作戰，直到最後一滴血流光！」

「我不會再問你一次。」虎爪喵聲說。「一切都變了。我和其他貓都住在影族邊界附近。但我仍然希望有一天可以摧毀雷族，殺死那隻薑黃色的貓。」他發出一聲嘶吼。

莫格利站得挺直，幾乎和虎爪的肩膀齊高。「讓我完成我該做的，」他發誓道。「你不會後悔的，虎爪。」

「希望你不會讓我失望，」虎爪喵聲說。「走吧，我們還有很多事要做。」他轉身徑直穿過空地，故意拖著腳走路，踢起灰塵打擾那些正在打瞌睡的獨行貓。他聽到身後傳來他們的咳嗽聲和咒罵聲，在那些貓伸展他們的身體行動以前，他和莫格利的身影已經消失在兩腳獸獸窩的木板隔間。

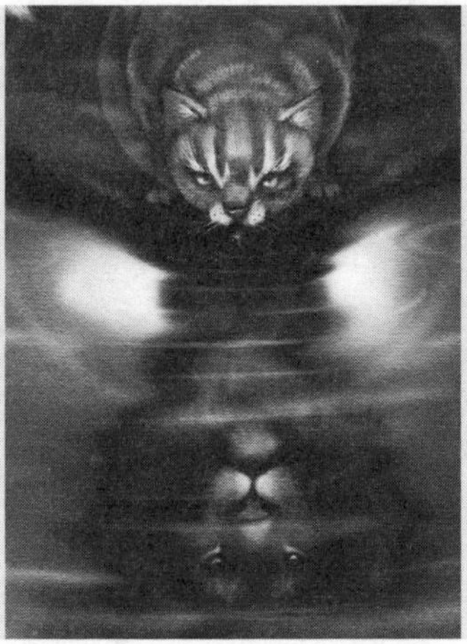

第五章

當虎爪帶著腳步輕盈的莫格利回到橫倒的樹時，斷牙面露吃驚的表情，但也熱烈歡迎他的老朋友，為他介紹領地，尋找適合他休息的窩。黑足表情嚴肅。

「你確定你能信任他嗎？」他喵聲問虎爪。

「如果你認為他可能是雷族間諜，這是絕對不可能的事，」虎爪指出。「上次在雷族看見他時，他試圖撕裂火心的喉嚨。」

「現在我不在意他是否關心雷族，」黑足爭辯道。「我只是想知道，對於一隻在第一次戰鬥就逃跑的貓，我們是否能信賴他？如果他再次棄我們於不顧呢？」

「那他就不能再回到這裡，」虎爪回答。「他知道這是他最後的機會。」

糾刺躡手躡腳地加入他們的對話。「我們準備好進行格鬥訓練了，虎爪。」她喵聲說。「哦，爪面和我看到有一些影族貓在我們的邊界狩獵。他們想問明天是不是可以跟我們一起狩獵。」

虎爪皺起了眉頭。「什麼，在這個樹林？」

「不，」糾刺喵聲說。「在影族領土那一邊。那邊是他們找到獵物最好的場所。但是他們想，如果要抓到更多獵物，是需要我們的幫助。」

虎爪感覺到一陣滿足貫穿他的皮毛。影族戰士已經意識到他們是多麼需要他和他的同伴了嗎？他停頓了好一會兒才回應。「很好，但我們雙方是各自為自己狩獵。影族必須明白這點，如果想生存，不能沒有我們。」

「我了解，虎爪。」糾刺點點頭。「當然，謝謝你，虎爪。我……呃……告訴濕足，我們會在日正當中以前，在邊界見面。」她緊張地眨了眨眼睛。「我想你應該會答應。」

虎爪甩甩尾巴尖端，在她給予承諾以前，他就警告過非常多次。母貓低頭盯著自己的爪子。

莫格利非常困惑。「我還以為你討厭部族。」他喵聲說。

「只討厭雷族，」虎爪咆哮道。「影族正遭受疾病和飢餓。如果我們足夠強大，就應該盡我們所能幫助他們。」

爪面慢慢踱步離開，走到一棵橡樹的樹蔭下。「我可能需要睡一下午覺，」他咕噥著說。「在我們練習戰鬥動作以前。」

虎爪阻止了他。「你會在敵人攻擊以前睡午覺嗎？不會。你現在就必須去練習，累積你的能量。明白嗎？」

爪面眼神中有一閃而過的憤怒，然後他點了點頭。「我知道了，虎爪。」

做得好，虎爪腦海中出現低沉的聲音。**這些貓必須知道自己沒有權利決定任何事，除非你想讓他們感覺比你更強大。**

虎爪感覺他的肩膀有一陣緊繃。**絕對不會**，他默默地發誓。

第二天，當太陽攀升到樹頂，虎爪看到灰色虎斑公貓如釋重負的表情，很高興他們出現在邊界。

「我還以為你可能會改變你的想法。」濕足急促地靠近。

糾刺從一旁瞥了虎爪一眼。「我們一定會盡我們所能。」她小心翼翼地喵聲說。

虎爪越過邊界。「好了，先走哪條路？」

一隻小淺棕色貓戳戳他的耳朵。「巡邏隊由濕足帶隊。」他說。

濕足迅速搖了搖頭。「沒關係，橡掌。虎爪可以帶領我們。」

骨瘦如柴的黑色母貓用爪子刮地面。「我想我的肚子餓到可以吃下我的喉嚨了，」她喃喃自語。「我們是要狩獵，還是繼續聊天？」

「好吧，暗花，繼續蓬起你的毛。」黑足發出嘲笑。

虎爪對於他的夥伴感到震驚——除了斷牙和莫格利——這些貓的感情比他想像得更好，親切得有如多年老友。他不能讓這件事成為他的弱點。

「我們繼續沿著原始森林的邊界走，」他宣布道。「跟著我，等待我的命令，再開始追蹤狩獵。」

「我們通常都用自己的方法追蹤氣味。」橡掌急著說，但糾刺打斷他的話。

「虎爪說的對。」她喵聲說。

虎爪向前一衝，享受腳掌在地面上奔馳的感覺，呼吸綠色森林環繞的氣味。在他身後，一隻隻貓兒追隨他的腳步，奔向他們眼前狹長延伸的寂靜山林，大家充滿興奮地等待發現獵物。

ℳ ℳ ℳ

「為什麼你會離開雷族？」蘋果毛喵聲問。斑駁褐色的母貓躺在一片陽光下，懶洋洋地甩動她的尾巴。

虎爪觀察她，注意到她淺綠色的目光中充滿好奇的光芒。他剛剛才結束與影族合作成功的狩獵巡邏。

他對年輕的戰士枯毛留下深刻的印象——她與圓石在兩腳獸地盤狩獵，這隻具致命性的森林貓完全發揮她追逐獵物的本能。

圍繞在他四周的影族貓們都很安逸，享受來自陽光的溫暖。除了夜星，他從窩穴傳來的聲音顯示他的病情非常嚴重；虎爪隔著荊棘屏障都能聽見他咳嗽的聲音。

他用一根長爪在地上畫了一條線。「你應該已經聽過許多關於我的傳聞。」他喵聲說。

蘋果毛眨了眨眼睛，將她的臉頰平貼在地上休息。「這就是為什麼我會詢問你的原因。」

虎爪站起身，掃去地面的痕跡。「我不能忠於一個由寵物貓當副族長的部族。即使我以前的族貓已不再遵從戰士守則，但我仍然相信它。」

「你是在講火心嗎？」鼠疤問道。這名暗棕色的年輕戰士，對於用他身上的爪痕作為戰士名非常反對。

虎爪撇撇嘴。「如果你不希望另一個爪紋也出現在你的毛皮上，在這裡你最好不要提他的名字。」他咆哮道。

他朝黑足點點頭，示意一旁的蕨類植物陰影。「走吧，我們該離開了。」

正在和其他長老分享一隻鴿子的深灰色公貓，抬起頭看。「你們要離開了嗎？」他叫道。「太陽還有一段時間才會出現。我想告訴你們，關於我在沼澤看到一隻獾陷在裡面的故事。」

虎爪讓自己露出很可惜的表情。「下次吧，杉心，我很喜歡聽你說故事。不過我和我的朋友今天待在你這邊太久了。」他甩動尾巴，他的同伴們都聚集在他身邊。

「你明天還會來，對吧？」鼻涕蟲從夜星的窩探出頭來，喵聲問道。「我……我以為你會幫我安排好狩獵巡邏隊。我需要找更多在邊界的草藥。」

虎爪偏頭一想。「如果你願意的話，鼻涕蟲。我們在黎明不久後會回來。」他悄聲走出營地，讓他的同伴轉頭一一告別。

他們開始需要你了，就如同森林需要雨。他的腦海深處傳來一陣低語。**幹得好，虎爪。**

四隻貓看起來很興奮，他們很榮幸被虎爪選為狩獵巡邏隊。枯毛的狐狸色皮毛下，精壯的肌肉正緊縮著，她準備好的模樣像是她第一次參與狩獵。鼠疤彎曲爪子，檢查銳利度。爪面看起來一如既往的沉穩，但他其實正豎起耳朵和扭動尾巴尖端。站在他身邊的是白喉，年紀看起來很輕的黑白公貓，不過似乎動作迅速且敏銳。虎爪很想看看他的速度能有多快。

「我認為我們今天除了狩獵影族獵物，還必須做別的事。」虎爪宣布道。

枯毛偏頭一問。「還要做什麼？」

「也許要在別的地方狩獵？」爪面喵聲說，他的眼神閃過精光。

虎爪點點頭。「沒錯，我們先去雷族的領地，」他建議道，「你們要仔細注意每一個戰士。」

枯毛和鼠疤同時緊繃肩膀，縮小眼睛，而白喉嚇得倒退一步。

「呃……雷族嗎？」他結結巴巴地說。「真的嗎？但這算是偷竊！」

虎爪眨了眨眼睛。「你有疑問，白喉？」

小貓低頭看著他的爪子。「我並不想從雷族那裡抓獵物，只是這樣而已。」他喵聲說。

爪面越過他，站在虎爪旁邊。「我有聽說，」他平靜地開始說，「白喉和小雲曾在疾病嚴重擴散的時候，尋求雷族庇護。」

「你想這有可能嗎？」虎爪發出噓聲。

爪面研究著黑白戰士，他似乎試圖收縮自己的毛皮。「我可以想像兩隻害怕的貓兒，試圖逃離周圍奄奄一息的部族。」他喵聲說。

「那麼我們需要確保他們對自己的忠誠，不會棄部族於不顧，」虎爪嚴肅地說。他提高音量喵聲說，「白喉，這不是一個你以為的一般巡邏隊。你必須跟著我，明白了嗎？」他繞著戰士走，利爪出鞘。「影族以外的部族都是敵人。如果我們想要從他們那邊獲得獵物，沒有什麼可以阻止我們。你明白嗎？」

小貓看起來嚇壞了，點了點頭。虎爪遊移著目光，直到最後鎖定在小雲身上。灰色虎斑貓正翻開一些藥草給鼻涕蟲看。既然小雲是巫醫見習生，那就很難在狩獵或戰鬥時看出他的忠誠。虎爪會持續關注他。

「我們走吧。」他喵聲說，捲起尾巴放在他的背上，同時疾步小跑帶隊離開營地。他動動耳朵仔細聆聽，有四個不同的腳步聲跟隨著他，接著他鑽進糾結的葉叢與碎草，走在狹窄的路徑，直達轟雷路前的隧道。

之前，他蜷縮在那個狹窄的洞，虎爪停下來，只有聞到一點點的影族氣味。當時他是在哪裡？他沒有進入雷族領土，從……他試著回憶藍星命令他離開……

接著他跑進了隧道。腳掌走動的回音持續了好一陣子，然後他衝進陰鬱森林的另一邊。**家！**當無數微小的葉子與蕨類氣味，和其他鬱鬱蔥蔥的生長氣味充斥在他鼻子時，他湧升一股被背叛的感覺。他們穿梭在其間，到處都有小皮毛獵物的足跡：灌木叢中時時響起沙沙聲，牠們爬過長滿青苔的樹幹，離開隱身的路徑，這些足跡都能讓飢腸轆轆的貓兒仔細追蹤。

「哇！」鼠疤吐出一口氣。「這裡瀰漫著適合狩獵的氣味！」

虎爪點點頭。「這裡很接近轟雷路。現在待在這裡要提高警覺，也許我們有機會抓到不錯的獵物。」

他深入蕨葉植物叢，感受一層又一層的葉子刷過他的皮毛。幾乎同一時間，他聽見一隻老鼠正在咬種籽的細微聲。狩獵者蹲低身子向前爬行，同時步步逼近，直到他用口鼻撥開層層的蕨類植物，並且看到一隻褐色的小獵物。虎爪將重心移到臀部，然後安靜地迅速一跳，用爪子逮住溫熱柔軟的美味獵物，它發出微弱的吱吱聲。他吞了口口水，接著迅速地用嘴巴往牠的頸部一咬。

在他身後，影族貓看得目瞪口呆。

「速度好快！」枯毛說。

虎爪湧起一股巨大的自豪感。這是他的領地，他知道每一種由他祖靈想出來的狩獵技巧。他聳聳肩，好像這沒什麼大不了的。他鑽入一叢老灌木叢，上面長滿白色垂下的花朵。氣味使他鼻子發癢，幾乎害他想打噴嚏，他突然止步，仔細聆聽灌木叢另一邊傳來的細微聲音。

虎爪仔細凝視，發現三個淺棕色身影在一對高灰樹間的移動，那裡順著一條小徑可以直達邊界。

是雷族巡邏隊！他定睛一看，確定是鼠毛、追風和刺爪。虎爪的腦海裡閃過了一個回憶，在他最後一次離開雷族營地時，這三隻貓對他的嘲諷。

每一隻都把他當作囚犯一樣地對待，只因為他被一隻寵物貓擊敗。虎爪覺得有一股憤怒在他的腹部燃燒。

這是絕佳的機會。「影族貓！」他轉頭發出一聲吼叫。「**攻擊！**」

第六章

虎爪迅速地穿越灌木叢，並在一瞬間攻擊追風瘦小的棕色背脊。

戰士倒在地上宛若一塊石頭，虎爪用他的爪子插入追風的喉嚨，在那一刻報復的喜悅從他的爪子油然而生，他全身上下熱血沸騰。

在他身後，他聽見鼠毛和刺爪全速奔跑的聲音，他們的腳步聲往營地的方向迅速消失。

「懦夫！」虎爪啐口道。

「偉大的星族啊！」枯毛喘著氣。「你殺了他！」

虎爪拋開追風一動也不動的身體。「他的反應要更迅速。」他喵聲說。

白喉顫抖著雙腿，蹲坐下來，低頭用他的鼻子嗅聞追風的毛皮。「可是……可是他沒想到會被攻擊！他只是在巡邏。」

「一名好的戰士時時刻刻都會做好準備，」虎爪咆哮道。「現在，誰要幫我找到其他戰士？」

爪面用爪子耙著地面。「就因為這個理由？我們在對方的領地上犯罪！你**殺了**一名戰士！我們不希望我們的族貓和雷族戰鬥。現在我們還不夠強大。」

虎爪豎起頸背的毛。「攻擊另一個部族當然有理由！獲得更多的領土、更好的獵物，才有機會證明你們有多強大！」

「但我們並不強，」鼠疤抗議道。「我們並不想接管雷族的領地，或者獵取他們的獵物。」

他們已經聽到有一群貓，從遠方奔馳而來的聲音，對方迅速穿過矮樹叢，完全不在乎會嚇跑多少獵物。

爪面走上前一步。「虎爪，我們來這裡是為了狩獵，不是為了戰鬥。這不是一場戰鬥，我們是不戰而勝。時候未到。」

枯毛移動她的腳步。「我們必須離開這裡！」

虎爪試著將頸背上的毛貼平。**讓他們認為以退為進是你的決定，不是他們的決定**，他的腦海裡出現一聲警告。**否則，這可能是你做過最愚蠢的事。**

「好吧。這位戰士，」他朝追風踢了一腳，對方猶如風中的一片葉子被捲起又落下，「這只是警告，影族已經再次壯大。」他瞬間甩動尾巴，示意爪面、枯毛和鼠疤進入老灌木叢，回到轟雷路。

這是我給你們的警告！記住！

白喉停留在原地，他將口鼻埋在死去戰士仍然溫暖的皮毛裡。

「你敢不走？」虎爪喝斥道。

白喉一動也不動。

「在等待你的雷族朋友到嗎？」虎爪啐了一口。「我就知道我不能相信你。白喉，你要知道，我敢保證你在影族不會再受歡迎。」

「就是那裡！」鼠毛在蕨草叢的另一邊尖叫道。「快來！」

虎爪抬起頭，聞了聞。除了轟雷路的刺鼻味，他還聞到火心和白風暴正往他的方向逼近。儘管他渴望留下來，看他們為追風悲痛欲絕的樣子，但他知道自己不能把他們全部殺死。他轉身溜進老荊棘叢時，火心已經走入灰樹旁的空地。

「他死了！」白喉哭著對火心說。

虎爪在灌木叢路徑裡低吼一聲，邊用爪子撕毀沿途經過的葉子。尖利的蕨葉刷過他的皮毛，刺痛他的眼睛。他在轟雷路的邊緣突然停下腳步，側腹起伏震動。

突然，虎爪非常驚訝的發現，白喉現在走在不遠處的另一條小徑上，正穿越荊棘叢。他瞪大雙眼、氣喘吁吁，而且臉上還帶有血跡。

難道他要帶領雷族攻擊影族？虎爪擔心地想，自己要跑快一點，同時警告其他影族貓。**叛徒！**火心跟在白喉後面行動，那隻黑白戰士迅速地轉過頭看了薑黃貓一眼。

不管你帶誰來！我都會殺了他們！虎爪發誓道。

火心沒有停下來說話，白喉奔進了轟雷路。虎爪退了一步，看見一隻怪獸奔跑而過，噴起一陣砂礫和煙霧撲向他的臉。

當空氣回復清淨時，他看見火心面露驚恐，而在轟雷路中間躺著一個黑白色的身影。怪獸攻擊了白喉！虎爪瞇起眼睛。**雷族還會繼續攻擊嗎？**

在無情的黑色石頭上，白喉躺在那裡一動也不動。火心跑向他。他蹲伏下來，似乎在對白喉說話，但另一隻怪獸呼嘯而過，將白喉的聲音掩蓋過去。

此時虎爪看到火心站了起來。白喉趴在他的雙掌上，兩眼無神瞪大著，鮮血一滴滴從他的口中流出。

虎爪覺得他的皮毛一陣刺痛。是火心在瞪他。

「你捍衛自己領土的方式就是追逐弱者，害他們死掉？」虎爪發出一聲吼叫。

火心的回應是朝他奔馳而來，他越過兩隻差點撞到他的怪獸，伸出利爪攻擊虎爪。虎爪在驚訝的一瞬間，立即向後一跳，他聞到草叢周圍全是雷族的氣味。火心的爪子重擊到他的肋骨，但他一個扭身站起，將薑黃貓扔到地上。虎爪以全身的重量重擊壓制，用他的爪子掐住火心的喉嚨，怒火中燒的模樣。

「你聽清楚，寵物貓，」他發出噓聲。「我會殺了你，還有你的戰士，一個接一個殺掉。」

突然間，出現如雷貫耳的腳步奔馳聲，虎爪的耳朵聽見一聲喵語，「你覺得我們會讓你孤軍奮戰？」

他轉過身來，看到黑足飢渴的目光。

「不，我的朋友，」虎爪喵聲說。「我知道你會來的。」

黑足幾乎將所有的貓都帶來了，除了生病的貓以外。

虎爪注意到枯毛和鼠疤也出現。影族貓跨越轟雷路的同時，鼠毛和白風暴也從灌木叢衝了出來。

影族戰士英勇作戰，而雷族戰士卻寡不敵眾。儘管火心設法扭動，試圖從虎爪的掌中脫離，但這可說是一場影族絕不會輸的戰鬥。

莫格利衝上前，用他的爪子朝火心的後腿一揮。火心重摔在地上，接著虎爪壓在他身上，用自己的重量給予致命的攻擊。莫格利的眼神散發著勝利的光輝。

虎爪的腹部感覺到一陣灼熱的疼痛，他低下頭，充滿困惑。

原來有一隻灰色的虎斑戰士撲向虎爪，攻擊他的腹部，撕裂他原本已經癒合的傷口。

灰紋！他在幹嘛？他現在住在河族！

虎爪放下他的爪子，四處張望。他的族貓現在對抗的不只有三名雷族戰士，看起來像整個河族巡邏隊都跑來支援火心。

總是要依靠其他部族幫忙！虎爪啐了一口。

他打起精神，開始對抗他身邊的火心和灰紋。虎爪被對手回擊，被迫倒退到轟雷路邊緣，他的腳掌被荊棘纏住，使得他重重地摔在地上。

他環顧四週尋找莫格利或黑足，但他們與臭魚味貓搏鬥中。爪面和枯毛已經退到轟雷路上，兩隻貓的斜腹側已經布滿爪痕血跡。

火心抬頭看了一眼正在離開的影族戰士，虎爪感覺到薑黃貓壓制他肩膀的重量起變化，立即甩開對手，飛快地奔向轟雷路另一頭。他聽見其他影族貓跌跌撞撞地跟在身後，直到他們奔入松樹林深處以前，虎爪都沒有慢下腳步。

他一瘸一拐地停了下來，站在一小叢荊棘叢旁邊。他感覺到腹部灼熱的疼痛感，以及傷口被撕裂的刺痛感。在他周圍的其他貓，開始蹲坐在地面，各自舔舐自己的傷口。

虎爪的耳邊出現微弱的抱怨聲：**你逃跑了！你應該留下來戰鬥！只要一開始戰鬥，就要有始有終，你這個蠢蛋。**

虎爪抬起頭。「我們必須讓其他影族貓知道，我們並沒有挑釁攻擊，」他命令道。他對上爪面的眼神，等著棕色公貓點頭。「不幸的是，白喉因為雷族的野蠻，而為他的族貓奉獻了性命。當他試圖抵達自己安全的領土時，卻死於火心的爪子下。」

石牙咆哮道。「對我來說，沒有什麼比族貓被殺死還重要。現在讓我去雷族，為白喉的死復仇！」

虎爪將尾巴放在石牙的肩膀上。「耐心點，我的朋友。這些河族貓可能還在等我們去找他們。等到雷族自身難保的時候，我們必定能不失一滴血就消滅河族。」

「白喉不能白死！」枯毛痛哭，她的族貓們一同悲傷哀號。

「雷族今天剛好很幸運，只是這樣，」虎爪開口說話時，他們陷入了沉默。「這不是一場已經輸掉的戰爭，勝利只不過是被我們推遲了。」他看見黑足的目光。

白色公貓好像明白虎爪要說什麼。只要告訴影族貓，今天白喉悲劇的一刻是怎麼發生的，還有雷族的報復行為。那些愛寵物貓愛得要死的雷族貓，被火心領導的日子很快就會結束。

第七章

虎爪走在森林裡，四周灰暗，潮溼的蕨類植物刷過他的皮毛。

他的頭頂上方，天空漆黑無比，沒有月亮或任何星星的微弱亮光。但他不知道為何會有足夠的光線，讓他能看清楚前方若隱若現的樹幹，以及泥濘道路上的痕跡。空氣瀰漫的臭味，像是發霉或腐爛的新鮮獵物。

即使沒有風，虎爪上方仍傳來樹葉的颯颯聲，油膩的霧氣似乎從土壤中滲透出來，附著在他腹部的皮毛上。

我在哪裡？虎爪納悶。**這裡是星族？**

「不，這裡是黑暗森林。」虎爪身後有個聲音出現。

虎爪僵住了。他知道這個聲音！這是在他腦海裡不斷與他對話的聲音。虎爪站挺身體，慢慢轉過身。

一隻寬臉母貓站在蕨類植物叢前面，過往參與戰爭使得她玳瑁色和白色的皮毛坑坑疤疤、傷痕累累。她琥珀色的眼珠燦爛得猶如小的金色月亮。

那隻母貓所站的位置一樣明亮，虎爪不安地意識到，他可以看到她那一邊的樹葉叢和地面。

「歡迎來到沒有星星的地方，虎爪。」那隻母貓喵聲說。

「這裡不是星族，所以呢？」

「**嘖！**」老貓啐了一口。「為什麼你會想去星族？那裡到處都是只會死守戰士守則的懦夫，就跟一群螞蟻只會趴在一片葉子上一樣。你會在這裡遇到更好的夥伴，虎爪。」

虎爪移動他的腳步。「你是誰？你怎麼知道我的名字？」

那隻母貓咕噥著，聲音聽起來猶如兩根枯枝在摩擦滑動。「我一直在注意你，已經有一段時間了。」她趴下來，伸出頭嗅聞他的腹側。虎爪盡量不要因為她呼吸之間的口臭而退縮。「影族需要一個無所畏懼、強而有力的族長，」老貓喃喃地說。「你知道你可以給他們想要的一切，虎爪。而在這之後……我們只要等待。」

她轉身準備離開。「停！」虎爪哀號道。「你是什麼意思，你會等待？我甚至不知道你是誰！」

母貓停下腳步，回頭看著他。「我的名字叫楓影，」她喵聲說。「我一直在你身邊。從你出生的那一天，看著你一步步成長，看你開創屬於自己的命運。現在，還有許多事情你不需要知道。部族有非常、非常多的謊言會攤在我們面前，虎爪。你要有耐心，你會知道所有的事。」

「等等！」虎爪試圖追上她，但蕨類植物纏住他的腿，楓影的身影消失在灌木叢裡。他醒了過來，皮毛仍然潮溼且帶著發霉、死亡獵物的氣味。

「咳！」胖尾咳嗽了一聲，從窩穴另一邊搖搖晃晃走過來。「你昨天做惡夢所以才滾來滾去？」

虎爪大步走出窩穴，繞過橫倒的樹幹。「別傻了！」他發出噓聲。「來吧，我們該去營地了。」

黑足走在他身邊。「發生什麼事？難道星族在夢裡和你見面？」

虎爪不耐煩地搖搖頭。「我們現在只需要去營地。」

當他奔跑在樹林間，楓影說的話又環繞在他耳邊：**影族需要一位無所畏懼、強而有力的族長。你可以給他們想要的一切。**

他聽到其他貓氣喘吁吁跟隨在後，直到他抵達營地入口以前，他都沒有減慢速度。此時，他聽到遠方傳來一陣慟哭聲，還有許多聲音一起組成可怕的悲傷音符。

鼻涕蟲站在空地中央，許多貓圍繞著擠在一起。他的尾巴滿是汙垢，面容看起來甚至比他前一天還要老。

他看向虎爪，走到營地邊緣迎接他。「夜星昨晚過世了。」他喃喃地說。

虎爪低下頭。「我感到很遺憾。」他喵聲說。「我希望他現在能在星族散步。」

鼻涕蟲的尾巴抽動。「無論夜星在哪裡，我希望他都能安寧。現在最重要的是，確保部族的安全。」他盯著虎爪，眼神中充滿巨大的困擾。

「我的族貓都害怕群龍無首。目前沒有副族長接管夜星的職位，而且星族也沒有什麼預兆，告訴我們接下來該怎麼做。如果族貓覺得他們被族靈拋棄，我怎麼會因此責怪他們？」他的語氣上揚，帶著恐怖的哀號。「碎星所做的一切，我們該如何彌補？傷口如此之深，而且我也沒有辦法醫治他們。」

虎爪將尾巴放在老貓的肩膀上。

「你一定要堅強，」他催促道。「如果沒有一個領導者，你的族貓也會聽從你。星族沒有放棄影族，你千萬不要這麼想。」他希望鼻涕蟲誤以為他顫抖的肌肉是因為悲傷，而不是因為他能建言感到興奮。

該你表現的時候到了！楓影發出噓聲。**要記得謹言慎行。你現在步步都是如履薄冰，絕對不能一失足成千古恨。**

虎爪挺起肩膀，好像他已經做了一個決定。「鼻涕蟲，你必須領導你的部族，直到星族降下預言給你。我知道因為碎星和鼠疫，對你的族貓造成雙重打擊。如果可以的話，希望能讓我來幫助你們。」

鼻涕蟲用力深吸一口氣。「謝謝你，虎爪，」他喵聲說。「我就知道我可以依靠你。」他一瘸一拐地穿過空地，跳上被地衣覆蓋的岩石。「所有能夠自行狩獵的成年貓到岩石底下集合！」

空地上那些眼眶泛紅、帶著憂傷眼神的貓，猶如被暴風捲在一起的樹葉，開始聚集在一起。

虎爪看到胖尾坐在曙雲旁邊，而爪面將尾巴尖端放在花楸莓背上，引導她走向一個空位。

「你剛剛和鼻涕蟲說什麼？」斷牙在虎爪的耳邊低聲問。

「他和他的族貓將擁有我們最大的支持，直到星族預示他們的新族長。」

斷牙的眼中閃過一道精光。「老貓和虛弱的部族，需要很大的支援。」他評論道。

虎爪點點頭。「的確。我們會獲得報答，不要擔心。」

「很好。」斷牙喵聲說。

「族貓們！」鼻涕蟲站在岩石頂端開始說話。「不久前，長老們已經將夜星的屍體搬出來，我們現在可以開始準備進行守夜儀式。因為我們沒有副族長接替他的位置，所以暫時將由我帶領大家，直到星族降下預兆。我們哀悼夜星的同時，生活必須繼續過下去。傳染病最嚴重的時刻過去了，我們必須再一次壯大。狩獵和邊界巡邏需要回復正常，格鬥訓練將重新開始。」

他的話引起一陣騷動。

「我們才剛恢復健康！需要更多的時間來復原！」

「我們怎麼有辦法狩獵，進行邊界巡邏，還要訓練見習生？」

「鼻涕蟲，我們很想為部族付出，但你的要求太多了！」

鼻涕蟲的眼睛蒙上一層陰影與混亂，站在岩石邊緣的他退了一步。

虎爪抬起頭。「影族貓，如果你們允許的話，我可以幫助你們。過去的一個月，我的夥伴和我幫你們狩獵新鮮獵物。現在你們已經恢復健康可以去狩獵，那為什麼不能讓我們幫你，做邊界巡邏和負責格鬥訓練？」他低垂眼睛，並用一隻前掌在地上刮耙。「如果你們願意的話，這些都可以做。」

不要過分謙虛，虎爪，楓影發出警告聲。**這行為沒有說服力。**

鼻涕蟲又踏前一步，眼神帶著謝意。「虎爪，我們將接受你們所有的幫助。」他喵聲說。

「等等，」鹿足開口。「影族一直都靠自己生存。為什麼現在需要外人來為我們做這些事？」

虎爪注視著鹿足。「這不過是我個人的建議，」他喵聲說。「我們只想跟你們並肩戰鬥，讓你們現在有時間完全恢復實力，讓疾病的危險離去。」他看了看四周。「影族貓，永遠不要忘記你們四周的敵人，他們會在你們出現任何弱點時來攻擊你們。你們運氣非常好，讓疾病的消息獨留在這，但你們能永遠保守這個祕密嗎？只要有一隻眼尖的貓在大集會時看出，並將謠言擴散在邊界，那其他部族就會趁機試探你們的實力。影族在森林中一向是最具威脅的部族，我保證我不會讓這點改變。」

松樹搖曳的同時，爆出一陣竊竊私語的討論聲。

「他說的對！我們不能對其他部族示弱！」

「我跟你一起訓練，虎爪！請你教我你所知道的一切！」

「影族會再次強大起來！」

虎爪閉上了眼睛，享受這些溫情的歡呼聲。

記住這一刻，楓影催促道。**這就是力量的感覺。**

第八章

鼻涕蟲走到他身邊。「請你指導你覺得合適的格鬥訓練。」他發出一個略顯尷尬的呼嚕聲。「這不是我的專業領域！」

「沒問題，」虎爪喵聲說。他甩動尾巴。「黑足，斷牙，莫格利。我希望你們每個人都搭配一位戰士和一名見習生。先進行基礎的攻擊與防衛招式，我們之後再用模擬戰練習，沒問題吧？」

他的夥伴點點頭。胖尾豎起耳朵。「那我呢？」

「你、爪面和糾刺負責帶領狩獵巡邏隊。」虎爪命令道。

他身後發出一陣微弱的咳嗽聲。「我們可以安排自己的狩獵巡邏隊，虎爪。」鹿足喵聲說。他的聲音很輕，但他的眼神閃過一絲不言而喻的挑戰。

虎爪低下頭。「那當然，鹿足。我的意思是我的夥伴可以幫忙你們補充新鮮獵物堆。」

鹿足眨眨眼睛。虎爪感覺到這位戰士每一次都會質疑他，他覺得自己的爪子幾乎要從緊抓的地面出鞘。

要有耐心，楓影低聲道。**之後會有時間對付他。**

虎爪轉身，對著石牙和高罌粟點頭示意。「你們兩個跟我來。」

高罌粟動了動她的耳朵。「我們不需要格鬥訓練，」她指出道。「我們的戰士比你更擅長，虎爪！」她愉悅的口氣彷彿是對著一隻小貓說話。

虎爪立即豎起頸背上的毛。「鼻涕蟲讓我負責格鬥訓練，」他低沉地說。「除非我能確定每一位影族戰士的能力，不然我認為你們都該訓練。」

高罌粟眨眨眼睛。「鼻涕蟲對這件事不該悶不吭聲。」

虎爪跨了一步走近她。「喔？你想跟鼻涕蟲討論？鼻涕蟲已經做得夠多了。」他的尾巴朝空地上的某處一甩，鼻涕蟲正在那裡幫長老將夜星乾扁的身體搬出族長窩。

高罌粟低頭看著自己的爪子。「現在我不會打擾他，」她喵聲說。「石牙和我會告訴你，影族戰士是如何進行格鬥訓練。」

虎爪將他們帶去松樹和湖邊不遠處的一塊沙地。

森林裡迴盪著貓兒進行攻擊、突襲和撤退的聲音。

是黑足、斷牙和莫格利正在進行部族測驗。虎爪站在後方，等待石牙和高罌粟展示影族制定的戰鬥動作。他認出其中幾個技巧：匍匐前進，神風後腳踢使對手失去平衡，並同時用爪子攻擊，讓後腿流血瘸傷。

高罌粟對石牙使出快速重擊的壓制後，她優雅的從地上站起身。

「等等！」虎爪叫道。

虎爪走過去，對棕色母貓瞇起眼睛。「你為什麼起身得這麼快？即使你打倒對手，你仍然有機會用你的牙齒或爪子，控制你的對手。如果你面對其他較小的貓，或逮住的大型貓，只要使出這招，你就可以打倒他們。」

「我敢確定高罌粟在激烈戰鬥中會這麼做，」石牙面露驕傲，舔了舔他胸腹的皮毛說，「但我們現在不能亮出爪子！」

虎爪瞪了他一眼。「如果面臨一個真正的戰鬥，這樣做哪會有幫助？亮出你們的爪子，你們兩個，現在開始都要這麼做。即使你們會因此受傷，但這樣能磨練你們的動作。」

高罌粟瞪大眼睛。「這是碎星指導我們的訓練。」她喵聲說，「這是規矩，虎爪，不是真正的戰鬥。當我們和平相處時，怎麼可以冒險受傷？」

「如果你擅長格鬥，那你就不會讓自己受到傷害，」虎爪咆哮道。「現在，再嘗試剛剛的招式，石牙，對高罌粟使出真本事。」

石牙再次站在高罌粟面前，這一次虎爪可以看到，他發亮的爪子從掌中厚厚的灰毛出鞘。石牙被高罌粟用後腿猛烈攻擊後，高罌粟又跳回地面，不再有任何動作。

虎爪以肩膀撞開石牙。「讓我來試試。」他命令道。

他等到高罌粟站好，立即衝向她，他亮出爪子，瞄準她的後腿，往腳掌上方攻擊。

高罌粟慘叫一聲，跳離對手範圍。虎爪停下來，低頭看著她，因為她扭動頭，舔著她流血的腿。「你下次會更快做出反應，不是嗎？」他質疑道。高罌粟沒有看他，只是點點頭，不停地舔舐受傷的皮毛。

「我不認為這是必要的。」石牙開口說，但虎爪輕彈尾巴叫他住口。

「我們回營地吧，」他喵聲說。「狩獵巡邏隊現在應該已經回來了。」

胖尾和爪面將新鮮獵物堆整個補滿，使所有貓印象深刻。貓兒們一湧而上，將他們倆團團圍住，即使他們必須尊重夜星小聲交談，也掩飾不住自己的喜悅。

當橡掌正要從獵物堆拖走一隻鼩鼱時，虎爪走上前。「我想說些話。」他宣布道。

在他周圍，所有貓都陷入了沉默。虎爪指了指新鮮獵物堆。「我們今晚每咬一口，就專注回憶夜星。影族失去一位高尚的族長，我和我的夥伴很榮幸與你們分擔傷悲。」他以示尊重地低下頭。在他的腦海裡，楓影發出刺耳的笑聲。**夜星弱得跟一隻小貓一樣，不要以為這些戰士不知道。**

「謝謝你，虎爪，」鼻涕蟲喵聲說。他的聲音沙啞。「我們非常榮幸有你在這裡，還有你的同伴。」他挺起身體。「我代表我的族貓，想請你住進營地。你已經從你的表現證明，你對影族的忠誠非常高，這就是夜星本來想要的。現在你屬於這裡，而不是我們外面的邊界。」

虎爪眨眨眼睛。他沒想到會這麼快，他可以透過驚訝的竊竊私語聲，發現影族貓並不認為鼻涕蟲可以代表全體發言。

也許他該讓鼻涕蟲再等等，直到所有影族貓陷入絕望，需要他的幫助為止？

你可以用一生的時間向他們證明你的能力，楓影提出重點。

虎爪等了一個心跳聲的時間，接著低下頭。

「你很慷慨，鼻涕蟲。如果你確信這是夜星所希望的，那麼我們就只好接受。」他抬起頭，有些大膽的影族戰士懷疑他們的族長是否會透過巫醫貓傳話。

花楸莓走上前。「歡迎來到影族，虎爪。」她深情地看了一眼爪面。「對於那些曾住在這裡的貓，歡迎你們回家。」

有些戰士發出贊同的附和聲，而胖尾和曙雲摸摸鼻子。斷牙和莫格利站在貓群邊緣，面露警惕的模樣。

虎爪輕彈他的尾巴。「鼻涕蟲，我需要一個重要的幫助。我能不能為我的夥伴，斷牙和莫格利進行命名儀式？只有這樣，他們才會感覺這裡是真正的家。我相信夜星也會做同樣的事。」

鼻涕蟲點點頭。「沒問題，虎爪。你可以進行命名儀式。」

虎爪環視群貓。「不過還需要你的族貓同意，」他喵聲說。「畢竟，一個命名儀式應該由族長進行。我不想冒犯任何貓。」

「我敢肯定，我們能接受這件事，虎爪。」蕨影冷冷地喵聲說。

「我們不希望其他部族問我們，這些無賴貓是哪裡來的。」濕足也表示同意。

虎爪跳上石頭，無視每位影族戰士的陣陣吃驚。「斷牙、莫格利，請過來。」巨大的薑黃色公貓和皮毛光滑的棕色貓走向前，直到站在虎爪下方。虎爪深吸一口氣。「斷牙、莫格利，你們會堅持遵守戰士守則，並且保護和捍衛這個部族，甚至不惜犧牲生命嗎？」

兩隻貓低頭。

「我願意，虎爪。」

「我願意。」

「那麼，在星族的見證下，我賜予你戰士名。斷牙，從這一刻開始你叫做鋸齒。星族將以你的潛行能力和格鬥技巧為榮，歡迎你成為一位影族戰士。」虎星低下頭，將口鼻放在新戰士的額頭上。然後，他轉向棕色公貓。「莫格利，從這一刻開始你叫夜颯，星族將以你的勇氣和潛行能力為榮，歡迎你成為一位影族戰士。」虎爪觸碰他的頭，接著倒退好幾步。「族貓們，我們將擁有鋸齒和夜颯！」

「鋸齒！夜颯！」胖尾和黑足高聲歡呼。其他影族貓也齊聲歡呼，獲得新名字的戰士驕傲地抬起頭。

「這不公平！他們沒有做任何訓練！」從後面傳來一聲抱怨。虎爪注意到是橡掌，他冷眼警告；見習生低下頭，不再說話。

虎爪從岩石上跳了下來。「現在，族貓們，我們將要為逝去的族長夜星守夜。來吧，和我一起，向他表示敬意。」

他蹲伏躺下，面對黑色瘦弱的貓，這位族長在碎星失敗之後，還努力帶領影族，重振雄風。**想想你該如何做，才能比他還成功？**當虎爪看著夜星一動也不動的頭，輕蔑地想。他閉上眼睛，仔細聆聽四周影族貓的聲音，並將口鼻放入潮溼的皮毛裡。

這個部族現在是屬於我的，夜星。看我如何再次讓它壯大，讓全森林的部族既尊重又害怕。

第九章

「虎爪，快醒醒。」

虎爪動了一動，睜開眼睛，看著頭頂上是糾結的荊棘，而非平滑的灰樹幹感到困惑。然後他想起來：他現在在影族，而不是像隻無賴貓只能躲藏在野外森林。

他翻了個身，露出滿意的表情。他和他的同伴在四分之一月時，在營地帶領族貓進行格鬥訓練、狩獵和邊界巡邏。也不停地安撫鼻涕蟲，告訴他星族很快就會選定一位新族長……

「虎爪，你必須快來看看！」

虎爪坐起來，看向爪面。「看什麼？」他抱怨道。「今天我沒負責黎明巡邏隊。」

「我知道，我是為其他事趕回來的。轟雷路的另一邊發生大事了，森林起火了！」

虎爪跳出他的窩，越過爪面走出去。在他身後，骨瘦如柴的棕毛戰士繼續說，「看起來很像是燒在雷族營地附近。」

虎爪快速地穿越荊棘叢，並在松樹林間奔

跑，完全忽視勾住皮毛的荊棘。

夜颯在轟雷路旁，正站在一棵樹上努力地向遠方看去。一聲可怕的咆哮與雷族境內的劈哩啪啦聲相互呼應，空氣中瀰漫著淡灰色的煙霧。可以瞥見明亮的橙色火焰搖曳在樹幹中，並且每隔一段時間遠方就會傳來樹木轟然倒地斷裂的隆隆聲響。虎爪蹲伏在轟雷路邊緣，掃視怪獸。

「你打算去那裡？」夜颯發出嚎叫，蓋過燃燒樹木的噪音。「你需要我陪你一起去嗎？那裡可能有貓需要我們的幫助。」

虎爪搖搖頭。「我才不可能過去幫忙。」他發出一聲吼叫。「我只是想看看發生什麼事。你留在這裡，我自己去就行。」

當虎爪預備穿過轟雷路時，夜颯將自己的重心放在前腳上，好像他也要跟隨。虎爪轉頭瞪他一眼。「我剛說了，你留在這裡！」他跳躍地穿過堅硬的黑色石頭路，花了很長一段時間，才抵達清涼的草地面。

這一次，雷族的氣味充斥在他的鼻子裡，隔絕了灰燼的氣味。虎爪深吸一口氣，立即爆出一陣咳嗽，如尖刺般的煙湧入他的喉嚨裡。他低下頭，穿越草叢走向樹林。

他腳掌下觸碰的厚葉層使他有了熟悉感，即使幾乎看不見任何線索，他也能很快找到路，往樹林深處走到深谷。

火焰劈哩啪啦的聲響越來越大，虎爪覺得皮毛越來越燙，因為他已經走進了營地範圍。行走的這段距離，深谷和兩腳獸地盤之間的樹木被燒毀，還有震耳欲聾的轟隆聲響，顯然火勢直往雷族營地而去。**不！**

那個部族已經驅逐你！讓你過無賴貓的生活，當你轉身離開，取而代之的是一隻寵物貓！

楓影在他耳邊咆哮。

虎爪撇撇嘴。**你不要搞錯了，我並不是關心我的前族貓。我想親自摧毀他們，而不是看他們像受困的兔子被火燒，這才是重點。**

他心想，楓影能不能感應到旋繞在他腹部的恐懼。沒有一隻貓願意被火燒死，不是嗎？

當兩腳獸的吼叫聲在他的耳邊響起時，他瑟縮了一下。巨大的身影覆蓋著厚重的黑皮毛，正往倒塌的樹林前去。

此時一陣包含兩種音調的恐怖鳴叫從轟雷路響起，有一個很長很重的東西被拖曳著繞過他，乾枯的蕨葉叢發出劈哩啪啦聲。

虎爪往邊界的另一個方向走，穿過橡樹和山毛櫸樹交錯的區域，直到地面傾斜下墜到陡峭石頭邊，那裡在好幾個月前曾是他的家。濃煙滾滾湧入山溝，對面遠處的荊棘叢已經被火舌舔舐。尖叫聲和貓兒驚惶的哀號聲幾乎被大火燃燒聲蓋過。虎爪躡手躡腳地來到懸崖邊，向下望。

霜毛的白色毛皮在煙霧中顯得明亮，他奔出營地時遇到藍星了。族長與爭先恐後想逃出峽谷的貓群互相推擠。

「到河邊去！」下面傳來急叫聲。虎爪感覺到一陣肌肉緊繃。果然是火心負責帶領。當然，鼠腦袋的族長怎麼可能沒讓他當副族長？「留意同伴。」火心下令道，「別走丟了。」

站在那邊下令的應該是我，虎爪拚命地想。**應該是由我來拯救族貓，而不是那隻臭寵物貓！**

現在，火心將柳皮的小貓交給長尾和鼠毛，告訴他們盡量靠攏著小貓的貓后。虎爪搜查群貓，看見一個蒼白薑黃身影，發出如釋重負的咆哮。金花在峽谷頂端，沿著河邊奔跑。一隻瘦小的淡棕色身影跟在她腳邊：小褐逃出來了。

「金花呢？」火心問。

柳皮用鼻子比向峽谷。火心點點頭，慶幸至少有一位貓后和她的孩子已安然離開營地。他呼叫已經爬到岩石斜坡半路的長尾，在那位戰士爬回來以前，火心叼起柳皮的另一隻小貓遞給他身後的鼠毛。等長尾回來時，火心再叼起第三隻小貓交給他。「讓小貓留在柳皮身邊！」他下令道，因為知道貓后只有在看到自己的小貓安全無虞時才會繼續逃生。

火心爬上山脊。「等一下！有沒有貓不見了？」他環視四周。

雲掌的毛皮從脊背到頭部整個豎起。他看起來還是寵物貓的模樣。「半尾和斑皮不見了？」他尖叫道。

「他們沒有跟著我。」小耳從很遠處大聲喊道。

「他們一定還在訓練營地！」白風暴喵聲說。

虎爪聳聳肩。如果長老不能設法自救，那給他們新鮮獵物也是浪費。

「我的兒子在哪裡？」金花急切的哀號，虎爪覺得血液都凝結了。**小棘！**火心沒在他身邊？「我爬上峽谷時他還在我後面！」貓后哭著說。

「我會找到他們的，」火心答應道，「你繼續留在這裡太危險了。白風暴和暗紋，你們負責保護族裡的其他貓，讓他們安全抵達河邊。」

「你不能回去下面！」沙暴警告道。

「我非去不可。」火心回答。

是啊，又再假扮英雄，能跑進火海你就以為你是一名英勇的戰士。虎爪的爪子緊扣泥濘的地面，**小棘到底在哪裡？**

「那我也要去。」沙暴喵聲說。

「不行！」白風暴叫道，「戰士不夠，我們需要你幫忙護送全族。」

火心點頭表示同意。

「那麼我去好了！」虎爪盯著煤皮一跛一跛地走到峽谷邊緣。淺灰色巫醫看起來很疲憊，煙霧燻得她兩眼流淚。「我不是戰士，」煤皮喵聲說，「反正如果我們遇上了敵人的巡邏隊，我也派不上用場。」

「不行！」火心毅然回絕。

這時黃牙披著一身凌亂的毛髮，擠過貓群走出來。「我也許老了，不過我的步伐可比你的還穩健，」老巫醫告訴煤皮，「族裡會需要你的醫療。我和火心一起去。你留在族裡。」

虎爪開始感到懷疑。他兒子的性命居然要依靠一隻老巫醫和一隻傲慢的寵物貓？

煤皮張嘴似乎還想說什麼，但火心斷然地說：「沒時間爭論了。黃牙跟我來。其他的朝河邊前進。」火心轉身，沿著峽谷往下走，黃牙跟在後面。

虎爪透過濃濃煙霧仔細凝視，拚命地想尋找一個黑褐色的小身影。明亮的火焰在營地的牆外閃動，貪婪地撕裂精心築成的蕨叢。兩個骯髒、模糊的身影在樺樹底下慢慢可見。黃牙衝上前，蹲伏前進，緩緩靠近那兩個身影。

虎爪敢肯定那是半尾——他正被他的朋友試著拖到安全的地方。火心叼著斑皮，穿越金雀花隧道，爬上峽谷頂端。黃牙和半尾則是落後許多，當周圍樹幹全陷入火海時，他們才正要接近峽谷邊坡。

「救命！救命！」

虎爪東張西望，接著他驚恐地看到一隻小貓攀附在峽谷旁一棵小樹的樹枝上。「小棘！」他吼道。

那棵樹的底下樹皮已經開始悶燒，小棘死命地叫喊。一個心跳間，樹幹已經著火了。正當虎爪預備從懸崖頂端跳出去時，有個滿身灰煙的朦朧身影迅速地躍上那棵樹。

火心將小貓叼在口中，小棘立刻放鬆，讓身體懸在半空中，害得火心差點失去平衡。虎爪眼睜睜看著，嚇得幾乎無法呼吸。

火心開始沿著分枝行走，仍然用牙齒緊緊咬住小棘的頸背。虎爪全身的皮毛豎起，有一股力量催促他越過空中去救他的兒子。但他知道他的重量，樹枝是撐不住的，反而會掉入底下火海。他不得不讓火心獨自救貓。

火焰已竄到樹枝分岔處，中間間隔一個可怕的裂縫。當樹枝被壓得往下垂時，火心總算在最後一刻朝地面躍下，到達峽谷邊緣。小棘步履蹣跚地走，虎爪打起精神跳過一條火河，而火心持續緊咬小貓，用他的爪子努力攀爬上懸崖頂端。在下面，竄起的火焰與燃燒的樹布滿峽谷，完全看不到黃牙和半尾的身影。

虎爪意識到他在顫抖。

感謝星族的寬容，讓我的兒子獲救。他退後回到蕨葉植物叢，同時怒視火心，他救了受困的族貓回去以後，一定會說得好像他救了整座森林一樣。**雖然你救了我兒子，但這並不能改變什麼，**虎爪發出一聲低吼。**只要讓我逮到機會，我一樣會殺了你。**

第十章

「不要像一隻死鴿子躺在那裡！攻擊他的後腿！」虎爪發出噓聲。橡掌伸開四肢躺在那裡，他剛剛才被一名叫花楸掌的見習生擊倒。輕盈的薑黃色公貓跳開，發出噓聲。

「太慢了，橡掌！」他嘲弄道。

虎爪急速甩動他的尾巴。「你打算讓你的對手說出這種話？」他質疑橡掌。

淡棕色貓用腳一個翻身。「休想！」他伸出爪子，對花楸掌發動攻擊。花楸掌被重擊得摔到地上，虎爪很滿意地注意到，橡掌已經露出爪子、沾滿鮮血。慢慢地，慢慢地，這些影族貓會開始習慣這件事。

「花楸掌受傷了嗎？」一個憂心忡忡的聲音從虎爪身後傳來。虎爪扭頭看鼻涕蟲從一叢新興的蕨葉叢走出來，他的鼻子和往常一樣溼潤，混濁的雙眼充滿關心。

「他沒事，」虎爪喵聲說。「他下次會移動更快，只是這樣而已。」

鼻涕蟲點點頭。「我相信你，培養這些見習生能面對任何戰鬥，虎爪，」他喃喃地說。「我們的部族裡，沒有貓會懷疑你的忠誠。」

從來沒有一隻貓敢懷疑，虎爪心想。當他看見雷族營地失火時，他不得不讓影族貓相信，他震驚的模樣是因為擔心火勢會越過轟雷路。虎爪曾堅持單獨待在巡邏邊界一整天，看著空心蛇一直吐水燒樹，到處都是兩腳獸急急忙忙的吼叫聲。

即使經過三次日出，森林裡到處還是聞得到濃煙，變黑燒焦的樹幹遍布整個雷族領土。虎爪擔心，藍星不知道是否已帶領她的族貓回到峽谷。那裡所有的窩穴都必須重建，獵物都因為逃走或被火焰燒死而短缺。

「我能和你聊聊嗎？」鼻涕蟲在他身邊喵聲說，使他回過神來，「當然。」虎爪檢查發現，橡掌和花楸掌實際上沒有傷害到對方，然後帶著巫醫從訓練區進入山楂樹領域。「有什麼不對嗎？」

鼻涕蟲眨眨眼睛。「滿月的時間要到了。影族在沒有族長、沒有副族長的情況下，要怎麼參加大集會？」他的爪子在地面刮耙著，「但是如果我們沒去，其他部族會不會發現不對勁？也許我應該請星族在那天將月亮遮蔽！」他緊張地打趣道，但是虎爪可以從老貓的身上聞到恐懼的氣味。

「也許星族其實已經有給你任何影族族長的預兆？」他詢問道，試著讓他的語氣帶有溫暖的感覺。事實上，他的內心激動，有股渴望正在升起，他知道他想要的一切即將唾手可得。

鼻涕蟲搖搖頭。「沒有，」他喵聲說。「不過也許是我一直太忙，或太累了，所以沒有看到預兆。如果我的部族即將毀滅，這可能都是我的錯！」

虎爪用他的尾巴放在老貓的肩膀上。「仔細看看你的周圍，」他催促道。「影族有即將毀滅的跡象嗎？你的部族強壯，還有驍勇善戰的戰士。你的內心其實知道誰能當一名最棒的族長。」他靠近鼻涕蟲，眼睛專注在鼻涕蟲身上。「唯有你才知道星族會提供什麼樣的預兆。你的祖靈相信，你能成為他們的代言者，為部族選定下一位族長。」

鼻涕蟲的頭猛地抬起。「你是要我製造假的預兆？我不能這樣做！」

「當然不是，」虎爪安慰道。「但巫醫可以自由選擇任何預兆，來決定星族提供什麼樣的答案，不管這是不是星族的決定？」

鼻涕蟲一臉困惑。「你的意思是，星族也會選擇和我一樣的決定？他們會這麼做嗎？」

虎爪點點頭。「想想看，鼻涕蟲。距離大集會還有好幾天。仔細注意來自祖靈的預兆——同時還要傾聽你內心的想法。」

哈！楓影發出嘲笑聲。

鼻涕蟲沿著山渣樹離開，眼神中依然布滿困惑。幾乎是在小空地的另一邊，樹叢發出簌簌聲響，鋸齒走了出來。

「如果他看到任何預兆，他應該都會選擇你，」薑黃色公貓喵聲說。「你為什麼不告訴他，可以幫他做決定？」

虎爪眨了眨眼。「我不能確定星族的想法。」

鋸齒的眼睛閃閃發亮。「我不同意你對死貓的信仰，」他喵聲說，「也許這樣想事情就簡單許多？」

虎爪對上他的目光，並對他微微點頭。「對我而言你是最好的朋友，鋸齒。我永遠不會忘記這一點。」

鋸齒點了點頭。「我知道。」他喵聲說。

⚡⚡⚡

松樹頂端的天空猶如沼澤裡的水一樣漆黑，但樹木在月光的照耀下閃著銀色光芒。

「明晚就要大集會了，」虎爪聽到蕨影在花楸莓耳邊說。「鼻涕蟲有跟你說，他會對其他部族說些什麼嗎？」

「我不認為他有需要告訴他們什麼，」枯毛接著說。「顯而易見，夜星已經死了，我們沒有一個族長。」

「或是副族長，」蘋果毛補充道。「其他部族會笑著將我們趕出四喬木。」

「要有耐心，」一個沉靜地勸阻聲響起。糾刺加入了他們。「還有時間讓星族回應我們的祈禱。」

巫醫窩外出現動靜，鼻涕蟲出現了，他的灰白色皮毛反射著月光。他走到岩石邊，緩慢地爬上去。「請所有能夠自行狩獵的成年貓到這裡集合！」他喊道，細弱的聲音穿透樹林。

虎爪從陰影處離開，並加入了其他貓的行列，因為他們都坐在岩石下。鼻涕蟲看起來不會比一隻小貓還巨大強壯，虎爪讚嘆其他族貓專注看他的尊重模樣，他希望等到他帶領部族時也會獲得這種尊重與信任。

「族貓們，我知道你們對大集會感到困惑，」鼻涕蟲開始說。「我理解你們的恐懼，但我們要堅強！相信我們的戰士祖靈，很快就會給我們關於一個新族長的訊息！」

圍觀的貓群中出現一個聲音，鹿足站起身，「很快的意思不代表現在就有。」他發出噓聲。「明天就要大集會，難道星族想讓我們看起來很弱，而且沒有族長與其他部族族長並列嗎？」

「難道星族已經放棄我們了？」花楸掌哀號道。他被胖尾用一掌輕拍了一下，示意他冷靜一點。

「他們當然不可能放棄我們。」鼻涕蟲喵聲說，但他的話被其他族貓嘈雜抗議聲給淹沒。

「只要其他部族聽到夜星死亡的消息，我們會像老鼠一樣，成為其他部族的獵物。」鼠疤哀號道。

「我們在沒有族長的情況下要怎麼生存下去？」高罌粟咆哮道。「沒有任何一個部族在大集會能夠接受我們！」

鼻涕蟲低垂著頭，什麼話也沒說。虎爪可以聞到他身上散發的痛苦。**現在還不可以放棄**，他迫切地心想。**一定還有什麼是你可以做的。**

突然地，巫醫貓的神情緊張。他的耳朵豎起，將視線固定在岩石下的東西。有一個小小的白光在草叢中閃爍著，在月光照耀下顯得清楚。鼻涕蟲跳了下來，用口鼻接近它。然後，他腦海中震驚得靈光一閃。

「這是一根爪子！」他氣喘吁吁地說。「在這裡，在岩石的底下。有哪一隻貓今天掉了一根爪子？」戰士和見習生都搖搖頭，族貓們都竊竊私語討論著。

鼻涕蟲再次研究爪子。他小心翼翼地伸出手掌，用他的爪子摸了摸它，他轉動它使其他貓也能看得很清楚。「你們看，」他低聲說。「月亮在上面投射部分陰影。也有空白，像**條紋**一樣。」他抬起頭盯著虎爪。「條紋像老虎的皮毛。」

「這是一個預兆！」曙雲喘著氣。「一定是！」

「星族已經幫我們選好新族長！」黑足喊道。

「虎爪！」鼻涕蟲倒吸一口氣，同時其他影族貓都轉頭看向虎爪。「星族給指示了，」巫醫喵聲說。「我們一定要遵從。」

虎爪感覺到胸口一陣騷動。畢竟這一次，是祖靈選擇了他！他曾為祂們服務這麼久，試圖挑戰雷族虛弱的族長，最後被趕了出來，被迫向一個新部族證明他的忠誠。而現在星族終於是認同他，讓他擁有領導地位。「謝謝祢。」他低聲說。

虎爪閉上眼睛，感覺到陰影貓在他周圍壯大，如同他們穿越森林，黑暗中傳來的空氣波動，他的腿輕飄飄地被帶領著。他能感受到，當他帶領族貓加入戰鬥時，發出喜悅的吼叫。「跟著我！」他嚎叫道，無數的戰士跟在他身後，追隨他的步伐。未來，他們的敵人會感到顫抖與恐懼……

「虎爪？」黑足悄悄地喵聲說。「鼻涕蟲想跟你說話。」

虎爪眨眨眼睛、睜大雙眼。巫醫站在他面前，近得足以讓虎爪聞到他腐臭的氣息。

鼻涕蟲鞠躬示意。「我有榮幸邀請你成為我們的族長嗎，虎爪？星族說，祂們選擇你。」

我們做到了！楓影在他的腦海裡發出尖銳刺耳的聲音。**我真不敢相信這一切是怎麼發生的？**

「我們也選擇你！」圓石的頭從其他族貓中露出來，嚎叫道。「你帶領我們走出夜星死亡的黑暗，又教我們學會如何堅強！」

虎爪低下頭。「我對於祖靈的決定感到震驚，」他喵聲說。「我雖然很晚才加入影族，但我希望每一隻貓要相信我絕對忠誠於部族。我從未想過會當上族長，但若這是星族的決定，我不會反對。」

「大聲高呼影族的新族長！」鼻涕蟲喊道，夜晚的空氣被劃破，瀰漫著快樂和解脫。有一個微弱的沙沙聲從虎爪背後的荊棘叢傳來。他轉過身，看見一雙琥珀色的眼睛閃閃發光。

鋸齒一瘸一拐地走向前，他的腳趾有一根爪子不見了。

虎爪瞥了一眼那傷口。「你這個行動太過於冒險。」他低聲說道。

鋸齒甩甩尾巴。「冒險才能得到回報，」他咆哮道。「你應該感謝我。」

虎爪轉身，慢慢走回空地中央。所有的貓都安靜著，看他跳上岩石。虎爪將腳掌放在冰冷光滑的石頭上，低頭看著他的族貓：夜颯、鋸齒，前無賴貓會忠於他，直到最後一口氣；鼻涕蟲、小雲，他的巫醫，會繼續將星族的預兆告訴他們的族長；強壯的戰士、健康的貓后，還有正在學習如何跟他一樣驍勇善戰的見習生。

他注意到黑足的目光；他會在月亮升到樹梢以前，讓黑足成為副族長。副族長不會是鋸齒，虎爪知道他沒欠鋸齒什麼。

虎爪挺起他的肩膀。他應該開始準備大集會的事，藍星將會被迫與他面對面，而且雙方是平等地位，在未來的每一天他將是一位族長。

只是還要等到明天。現在，虎爪聽見所有的族貓正在呼喊他的新名字。

虎星！虎星！

WARRIORS

貓戰士

葉池的願望

Leafpool's Wish

長老　（以前是戰士、貓后，現在已經退休）

金花：淡薑黃色的毛，也是最年長的貓后。

長尾：帶有暗黑色的條紋的淺色公虎斑貓，因雙目失明提前退休。

鼠毛：暗棕色母貓，體型瘦小。

影族 *shadowclan*

族長　黑星：白色大公貓，腳掌巨大黑亮。

副手　枯毛：暗薑黃色的母貓。

巫醫　小雲：非常嬌小的公虎斑貓。

戰士　橡毛：嬌小的棕色公貓。
所指導的見習生：煙掌。

杉心：暗灰色公貓。

花楸爪：薑黃色公貓。

褐皮：綠色眼睛的母玳瑁貓。

貓后　高罌粟：有雙長腿、淡褐色的母虎斑貓。

長老　圓石：很瘦的灰色公貓。

各族成員

雷族 *thunderclan*

族長　**火星**：薑黃色公貓，火燄色的斑紋。

副手　**灰紋**：灰色長毛公貓。

巫醫　**葉池**：淡棕色的母虎斑貓，琥珀色的眼睛。

戰士　（公貓，以及沒有子女的母貓）

塵皮：黑棕色的公虎斑貓。

沙暴：淡薑黃色的母貓，有雙綠眼睛。

雲尾：長毛白公貓，有雙藍眼睛。

蕨毛：金棕色公虎斑貓。

刺爪：金棕色公虎斑貓。

棘爪：深棕色的公虎斑貓，琥珀色的眼睛。

灰毛：深藍色眼睛、灰白色帶深色斑點的公貓。

雨鬚：藍眼睛的深灰色公貓。

松鼠飛：深薑黃色的母貓，有雙綠眼睛。

蛛足：琥珀色眼睛、四肢修長、肚子是棕色的黑色公貓。

貓后　（正在懷孕或照顧幼貓的母貓）

蕨雲：綠眼睛、身上有深色斑點的淺灰色母貓。

栗尾：琥珀色眼睛、玳瑁色加白色的母貓。

黛西：乳黃色的長毛母貓，來自湖邊的馬場。

蘆葦鬚：黑色公貓。

貓后　苔皮：藍色眼睛的玳瑁色母貓。

曙花：淺灰色母貓。

急水部落 *the tribe of rushing water*

溪兒：棕色的母虎斑貓。

暴毛：琥珀色眼睛的暗灰色公貓。

其他動物 *other animals*

小灰：住在馬場穀倉裡的貓，身材壯碩的灰白色公貓。

絲兒：住在馬場穀倉裡的貓，瘦小的灰白母貓。

午夜：一隻懂占卜的母獾，住在海邊。

風族 *windclan*

族長　**一星**：棕色的公虎斑貓。

副手　**灰足**：灰色母貓。

巫醫　**吠臉**：短尾的棕色公貓。

戰士　**裂耳**：公虎斑貓。
網足：暗灰色的公虎斑貓。
鴉羽：灰黑色公貓。
顎羽：亮棕色的公虎斑貓。
夜雲：黑色母貓。
鼬毛：有白掌的薑黃色公貓。

貓后　**白尾**：嬌小的白色母貓。

長老　**晨花**：玳瑁貓。

河族 *riverclan*

族長　**豹星**：帶有少見斑點的金色母虎斑貓。

副手　**霧足**：藍眼睛的暗灰色母貓。

巫醫　**蛾翅**：琥珀色眼睛、漂亮的金色母虎斑貓。

戰士　**黑爪**：煙黑色的公貓。
田鼠齒：嬌小的棕色公虎斑貓。
石流：灰色公貓。

被遺棄的兩腳獸窩
月池
雷族小徑
雷族營地
天空橡樹
風族營地
斷半橋
兩腳獸地盤
馬兒地盤
轟雷路
雷族
河族
影族
風族
星族

綠葉
兩腳獸地盤
兩腳獸窩
兩腳獸小徑
空地
兩腳獸小徑
影族營地
半橋
小轟雷路
綠葉
兩腳獸地盤
湖
半橋
小河
小島
河族營地

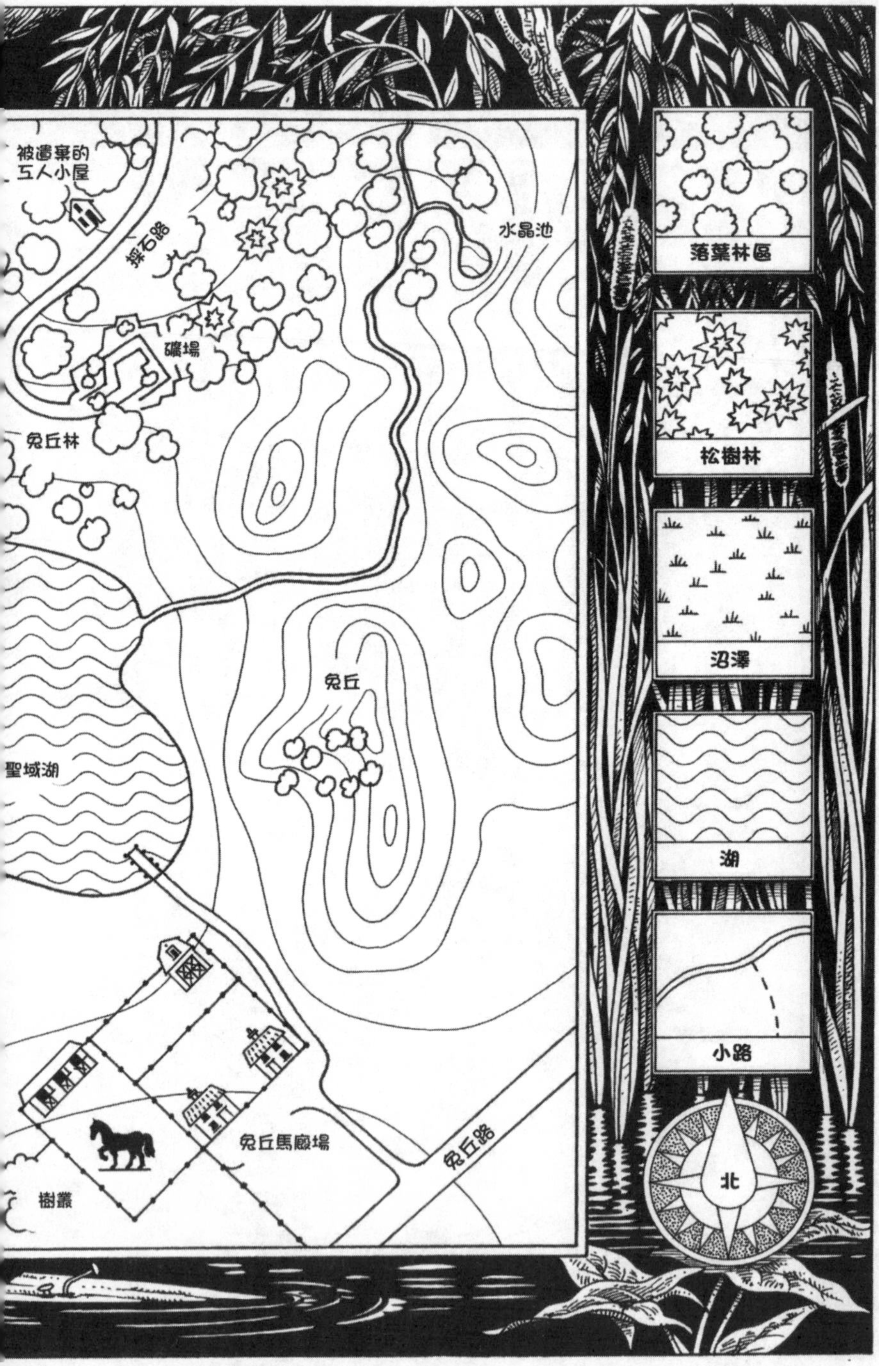

被遺棄的
石人小屋
採石路
礦場
水晶池
兔丘林
兔丘
聖域湖
兔丘馬廄場
兔丘路
樹叢
落葉林區
松樹林
沼澤
湖
小路
北

觀兔露營區
聖域農場
塞德勒森林區
小松路
小松乘船中心
小松島
艾柏河
飄特高奇路

第一章

「別亂動，樺掌！如果你再亂動，我就叫塵皮坐在你身上！」葉池邊拾起苔蘚，邊瞪著見習生低吼道。

「好刺！」樺掌抗議道。

「是嗎？有比獾的爪子還刺？」葉池懷疑地喵聲道。她用手掌擠出苔蘚的汁，滴在樺掌半睜開的眼睛中間。樺掌的臉抽搐了一下，但葉池很快地用手掌幫他闔上眼皮，讓葉汁浸潤受感染的部位。

不可避免的是，獾襲擊的回憶淹沒了她：看到她的族貓為了生存而戰鬥。她和鴉羽看見窩穴入口湧進敵人；細小的聲音刷過地面，巨大的黑影和白色的爪子蜂擁而上，戰士們發出嘶吼的叫聲。樺掌很幸運地逃過一劫，沒有被抓瞎眼睛。黑毛被殺了，巫醫煤皮拚命想保護栗尾的小貓。

葉池感受到戰事帶來的傷痛，如爪子一樣鋒利，她從來沒有想過她的導師會死亡。煤皮一定害怕雷族未來沒有巫醫，但她還是拒絕離開栗尾身邊。

「我會回來的，煤皮。而且留下來。」葉池低聲呢喃道，希望她的導師在星族能聽見。

「妳在自言自語嗎？」蕨毛出現在窩穴入口，同時喵聲道。

葉池甩開在她腦海中的回憶。「只是在想一些重要的事，」她回應道，「一切都沒事吧，蕨毛？」

「呃，我可以走了嗎？」樺掌哀叫，他半閉著受傷且溼潤的眼睛看著她。

葉池點點頭。「當然，但你仍然不可以離開營地的！在你眼睛完全癒合以前，我不希望任何荊棘戳到它。」

樺掌快步跑開，發出輕聲地呼嚕。蕨毛揮動他的尾巴拍向見習生。「有些貓要牢記他在戰鬥時有多麼幸運。」他哼了一聲。

葉池低下了頭。「那些事是不會被遺忘的。」

蕨毛低頭進入窩穴中。他表現得和大多數的族貓一樣，擔心地抬頭看著窩穴頂端，像是不知道頂端能不能承受懸崖上方的重量。「松鼠飛告訴我，」他喵聲道，「小煤被幾隻跳蚤咬了，不曉得妳有沒有方法可以治療？」

葉池看向小灰貓正在耙抓她毛茸茸的毛皮。「這沒問題，」她呼嚕道，「告訴松鼠飛，我會在日出以前帶一些藥草回來。」

蕨毛瞇起眼睛。「不用這麼急，妳看起來很累，葉池。有什麼我可以幫忙的嗎？」

葉池搖了搖頭。「我很好。戰鬥後總是會很忙，育兒室的小貓都沒事。」她停頓了一下，

「我很慶幸雷族擁有這些小貓。」她補充道。

蕨毛目光溫柔地看著她，「他們都很珍貴。」他表示同意。他離開窩穴，葉池緊跟在後，走向空地。她站在陽光下，看到松鼠飛和棘爪正在分享一隻老鼠。她姊姊的尾巴輕靠在對方暗色皮毛底下。她的肚子感覺一陣緊縮。看起來松鼠飛在灰毛和棘爪之間做了選擇。

葉池一直擔心兩個戰士為了松鼠飛而傷了和氣，而松鼠飛已經追隨心之所往。她好想告訴她的姊姊，她在夢中的黑暗森林裡，看見虎星指導棘爪的祕密，虎星指導他的兒子可怕的格鬥技巧與殺死敵人的方法。

然而葉池常常提醒自己，棘爪是雷族裡最忠誠的戰士，不能因為他有一個卑劣的父親而懷疑他。

葉池在日落時漫步到湖邊，看到遠方正升起點點星光，天空布著星光點點的尾巴交纏圖形，如同剛剛的松鼠飛和棘爪在一起的模樣。這可能意味著什麼？這兩位戰士是注定要在一起嗎？葉池不太確定是否該告訴她姊姊這個意象？身為一名巫醫面對預示不該選擇性地保留祕密。葉池知道這將會影響松鼠飛，在棘爪和灰毛之間的抉擇。而葉池擔憂棘爪在黑暗森林所學的一切，還有他的父親可能會帶來一些傷害。她不能告訴她的姊姊這件事。她希望棘爪能做出正確的決定，在族貓和虎星之間，他能分辨兩者之間所教的事。

小煤被跳蚤咬傷的事很容易處理，只要擦一些有舒緩效果的萬壽菊葉在她的毛皮上就好了。小貓不安分地扭動著，葉池不太確定藥量是否足夠。松鼠飛眨眨眼睛表達感激，愉悅地圈住小貓。

葉池聞到窩穴中散發著甜甜、淡淡的奶香，使她的心感覺到一些撫慰。

在那天晚上，她回憶一些事，並在窩穴休息。沒有煤皮睡在她旁邊，寒冷的陰影與粗厚的石牆使窩穴內顯得空曠。葉池將口鼻塞在她的尾巴內，深深地吐了一口氣。今晚她想走進黑暗森林裡，她想知道棘爪是否還在接受他父親的指導。

她在濃密的綠色森林裡醒來，隱約可見昏暗月亮和伴隨著竊竊私語的微風吹來。她湧現一陣戰慄恐怖的感覺，意外地看見星族貓隱匿在灌木叢中，黃眼珠閃爍著憤怒。但是她強迫自己在彎曲的道路和長滿青苔的樹幹間行走，在樹林裡幾乎可以聽見她的心跳聲。

葉池突然停了下來，三隻貓站在她背後。她立刻認出了其中的兩個——他們不是黑暗森林戰士。皮毛上閃耀著星光，銀銀亮光集中在他們的爪子間，彷彿站在水裡的點點漣漪。他們轉過身來，葉池看到其中一位，她覺得她的心感到放鬆且快樂。**藍星！**

「過來，葉池，」星族貓喵聲道。「我們一直在等妳。」

葉池走向前，直到她能聞到星光點點間族長的皮毛氣味。

黃牙哼了一聲，「注意妳的時間。」

葉池並不認識第三隻貓，那是一隻有著寬闊肩膀的金色虎斑貓。他低頭靠近她。「妳好，葉池。我的名字是獅心。當時妳父親火星來到森林是我和藍星與他見面。」

「我很榮幸見到你，」葉池喵聲道。「但是我在哪裡？你為什麼帶我來這裡？」她沒夢過這個地方，但她很確定她不是在黑暗森林，因為星族貓不會出現在這裡。

「跟我來。」藍星命令，沿著路徑深入森林。

清明的月光照亮了路，過去樹影幢幢布滿危險，但現在看起來明亮乾淨，充滿了獵物的氣味。晴朗的天空上，有三個小恆星比其他星星更加明亮、閃爍著銀色光芒。

「藍星，那是什麼？」葉池低聲說。

藍星沒有回應。她逕自走進空地的中心，指示葉池坐在她的尾巴旁。葉池再次抬頭，但三顆星星已經消失了。

「這是妳要給我的一個預言嗎？」她問道。

「不完全是，」藍星回答。「但是我們想告訴妳，妳人生扭曲的路會掩蓋住妳。」

「沒錯。」黃牙更明確有力的附和，可惜她不能再給予更多的提示。「妳將會踏上不再是巫醫的這條路。」

葉池的皮毛感到一陣刺痛。「什麼意思？」

「有些貓妳還沒遇見，」藍星喵聲道。「但他們的爪子會改變妳的未來。」

這是什麼意思？

獅心將尾巴放在她的肩膀，他的氣味讓人安心，使她感到勇敢。「我們已經給妳力量。」他低聲說道。

「不管發生什麼事，記得我們永遠在妳身邊。」藍星喵聲道。

她的藍眼珠裡透露著關心和慈愛，但葉池仍然不知道這是什麼意思。她的生活總是一成不變的，她喜歡窩在石頭邊的窩穴。她是雷族巫醫，陪伴族貓走向星族。她與鴉羽……這一切已經結束，遺忘，她過去的一些生活已經隨著時間褪色。

「我不明白，」她低聲說。「妳不能告訴我更多嗎？」

藍星搖了搖頭。「即便是星族也看不到所有會發生的事。那條路會隱匿妳的身影，但未來的路我們將會與妳同行，我保證。」

葉池感覺被藍星的話安撫著。如果星族會陪伴在她身邊，那也不會發生多可怕的事。當她與鴉羽離開部族時，她覺得她的族靈已經放棄她了。但她依隨她的心回到雷族，現在祂們又在她身邊引導她，保護她的安全。

我做出了正確的決定——不，唯一的決定——當我回到部族。在雷族裡再也沒有什麼事會對我造成威脅。

第二章

葉池用爪子帶著從森林裡取得的苔蘚，進入火星的窩穴。自從她夢見三位星族族靈，已經過了一個月，落葉季是最冷的季節。葉池清理自己的皮毛，提醒自己要告訴白掌再從擎天架上帶一些新鮮苔蘚。火星必須保持溫暖和乾燥，他才能從失去一條命的傷害中慢慢復原。

葉池發抖著，又想起前一次的血腥回憶，當時在湖邊，她發現她父親的脖子上卡著兩腳獸的陷阱，棘爪站在鷹霜的屍體旁。一直以來，星族不斷地暗示警告著各種未知的預言：**在和平降臨之前，血，依舊要濺血，而湖水將會染成血紅一片。**

預言到來的那天，鷹霜試圖引誘雷族族長到一個狐狸陷阱，是棘爪挖開陷阱木樁救出了火星，並與鷹霜戰鬥，殺死了同父異母的兄弟——虎星的另一個兒子。棘爪站在兄弟的血泊之中。葉池看見預示，一圈荊棘圍繞著雷族。

而火星決定讓棘爪替代灰紋成為副族長。這一切似乎都是星族的影響。

「是妳嗎，葉池？」火星嘶啞的聲音從陰影中傳來。

「噓，別說話。」葉池命令道。她彎下腰靠近父親的窩，聞了一聞。沒有感染的跡象，感謝星族！火星脖子上只留下淺淺的傷口，很快就會癒合。喉嚨還會痛一段時間，但葉池帶來了她最後的蜂蜜，緩解不適感，並用罌粟籽幫助他休息。

「吃這個。」她喵聲道，葉子上沾黏了蜂蜜，上方還有一個黑色的種子。

「我沒事，」火星抗議道。他撐起身體，薑黃色的皮毛黯淡無光。「別大驚小怪。」

「我寧可麻煩一點，」葉池反駁道。「別忘了，你昨天失去了一條命。」

她父親的綠色眼睛還閃爍著興奮的光芒。「別擔心，我不會忘記。但我還要領導部族，我們的族貓需要看見我好好的，我還必須組織巡邏隊。」

「棘爪已經組織好狩獵巡邏隊了，」葉池告訴他。「我告訴所有的貓，你很好，只是需要休息。現在，躺下，或者我請鼠毛過來，說些故事哄你睡覺。」

火星發出輕微的呼嚕聲，蜷縮在他的羽毛窩裡。「那就給我一些罌粟籽，謝謝。葉池，我會乖乖照妳說的做。」他眨了眨眼睛，溫情地看著她。「我會記得，妳不只是我的女兒，還是我的巫醫。」

葉池站在岩石邊坡上，關注著火星乖乖舔入蜂蜜和罌粟籽。**沒錯，我是雷族的巫醫。沒有什麼比對族貓盡我該盡的義務還重要。**她開始穿梭在僅存的藥草堆中，尋找之前在森林裡找的嫩葉，並擔心著老蜂巢上的一些蜂蜜。一身白皮毛的見習生引起她的注意。

「白掌！」葉池走到堅實的泥土地板清理著。「妳能再找更多苔蘚放到火星的窩穴嗎？要確定它必須是全乾的苔蘚。」

「沒問題！」見習生點點頭。「在我上課以前我可以先去處理。」她從空地邊緣走向出口，穿過荊棘。

「妳在使喚我的見習生嗎？」葉池背後傳來一個溫暖的聲音。

她轉過身看見蕨毛望著她。「只是一下下，」她保證道。「今天早上我發現火星的床還不夠溫暖。」

金色虎斑貓瞇起眼睛。「他狀況如何？」

「沒事，」葉池喵聲道。「但是失去一條命而元氣大傷，所以火星現在還不能離開，我今天告訴他必須待在他的窩。」

蕨毛點點頭。「非常好。還有棘爪可以管理巡邏。」

葉池詢問戰士：「你認為火星做出了正確的決定嗎？宣布灰紋死亡，任命棘爪成為副族長？」

戰士揮動尾巴。「沒有副族長的部族……是一件很奇怪的事情。那會使我覺得我們部族很弱。」他低下身子靠近葉池。「有些貓不在會使我們沒有安全感。我很高興妳回來了，葉池。沒有巫醫貓的雷族，是無法生存的。」

葉池還來不及回應，育兒室就傳來一陣腳步聲。

「蕨毛！」小莓嘰嘰喳喳叫喊著。「快看刺爪教我的這個格鬥技！」小貓衝到戰士面前。

「我不需要等到下次月圓就可以成為見習生了！」他興奮地說，「我現在可以保衛我的部族了！」他壓低他的臀部，怒視著地上的一隻螞蟻，然後向空中一躍，並同時伸出前爪。他降落在一堆白色羽毛中，而螞蟻毫髮無傷地衝到一塊石頭下。

「哇，小傢伙你幾乎準備好了，」蕨毛喵聲叫，接著咬住小莓的頸背，放置到他的身邊，「再繼續練習！」

黛西出現在育兒室入口，奶油色毛皮膨開。「小莓！別打擾蕨毛！快來這邊讓我清理你！」

小莓的手足——小椿和小鼠在母親的身邊露出頭來，「小莓最調皮了，」小椿嘰喳地說，「小心火星把你抓去餵獾！」

黛西露出驚嚇的表情。「火星絕對不會做這種事！你們兩個快回去，這裡太冷了。」她帶著兩隻小貓進入育兒室。

「黛西似乎有點不知所措。」葉池發出被逗樂的呼嚕聲。

蕨毛推著小莓準備回到育兒室。「自從育兒室有了栗尾的小貓，顯得更擁擠了。好久沒看見育兒室有這麼多小貓了。」

葉池點點頭。「黛西的小貓很快也能幫助狩獵了。」

蕨毛偏頭想了一下，「是幫助也可能是阻礙。」他呼嚕了一聲。然後他挺起身體，「如果星族給我們這麼多小貓，族靈一定是相信我們可以照顧他們。畢竟這是我們的責任。」他大步離開，同時叫灰毛記得儘快將他們的見習生白掌送回來。

育兒室入口處傳來一陣樹枝顫動的沙沙聲，四隻小貓跳了出來。

「你抓不到我的！」小鼠尖叫著，並停在一邊清理他的足部。

「我可以！」他的妹妹小甜推了他一下然後跑開。

小罌粟和小煤慢慢地出現在後面，並且小心翼翼地將爪子放在寒冷的草地上。

「哦，好冷喔！」小罌粟蓬起她玳瑁色的皮毛，喵聲道。

小煤環顧四周，葉池感覺到小貓淡藍色的目光落在她身上。「快看，是葉池！」小煤喵聲叫道。她灰色短尾巴在空中挺直，小跑步到巫醫身邊。「火星怎麼樣了？」她喵聲問。「我們聽說發生很可怕的意外。」

「沒錯，意外。」葉池回應道。聰明的栗尾沒有讓小貓知道恐怖的真相。「他很乖呢，」她打趣地呼嚕道，「他會乖乖待在他的窩，休息一陣子就可以出來了。」

「太好了！」小煤喵聲道，「部族不能沒有族長。」

葉池盯著小貓看。為什麼這隻小貓和其他小貓比起來格外特別？

她明明只有一個月大……巫醫貓葉池盯著她的族貓，好像她來自遠方，擁有星族貓的智慧。葉池對她有一種熟悉的氣味，那不是育兒室裡栗尾溫暖的氣味。葉池正要彎下腰再聞個仔細時，肚皮鬆軟的栗尾正從育兒室走出來。

「孩子，」她叫喊道，「別再這裡打擾戰士！」

「我們才沒有！」小罌粟尖聲叫道，「我和小鼠正在練習跑步。」

「對啊，你看我跑得比你快，」她的手足堅持道，他伸出爪子，「你看，我的腿還比較長！」

「但是我比較快！」小罌粟反駁並奔跑著，只見她淺棕色毛髮飛起。

栗尾皺起眉頭，只見她的女兒幾乎要踩到白掌的腳——見習生拖著苔蘚穿過入口，被隱約可見的苔蘚擋住。

「小罌粟你別再亂跑了！」栗尾斥責道，她轉身看向葉池，「我真不知道星族怎麼會覺得我有辦法應付四隻小貓！」但她的聲音很溫暖，充滿了愛。

葉池突然屏住呼吸，她感覺到她的腹部一陣緊縮，有一股強大蠕動的感覺。這不是她第一次感覺它，這使她感覺到恐慌。她終於知道半個月以前，天上的那三顆小星星是預示著什麼了。

藍星、黃牙、獅心，他們知道葉池將要踏上隱蔽的路。現在就像是要葉池不要對自己撒謊，承認他們的存在，開始為未來做準備。

我的小貓！

不只是葉池的小貓——也是鴉羽的。他們再一個月就會到來。**噢，我到底該怎麼辦才好？**

「妳還好嗎？」栗尾看著她。「妳身體不舒服嗎？」

葉池轉過身去。她不想讓栗尾太靠近她。任何一隻有經驗的母貓都可能會發現什麼，何況是一隻貓后。「我沒事，」她氣喘吁吁地說，「只是有點肚子痛，一定是昨晚我吃掉的那隻老鼩鼱讓我不舒服。」

她環顧四周，看到戰士窩現出棘爪的尾巴。他和狩獵巡邏隊回來了。「我必須去檢查棘爪的傷口。」葉池喵嗚道，並匆匆離開。她感覺栗尾感覺莫名地看著她，但她沒有轉身。

棘爪躺在他的窩上，正在清理他的腳掌。他的爪子布滿挖掘狐狸陷阱和鷹霜造成的傷痕，但他堅持要像往常一般出去巡邏。他看起來很累，不過葉池很希望他能說出自己的痛苦之處。**這是他自己造成的。我看見他和虎星、鷹霜在黑暗森林！他們一定有一起策畫將火星帶入陷阱。**葉池無法理解，為什麼棘爪決定要放過火星，並殺了鷹霜。她認為一定是發生什麼事讓計畫出錯了！**但我看到一圈荊棘，在保護我們的安全！我現在為什麼不能信任棘爪？**

「讓我看看你的爪子。」她彎腰檢查。

棘爪發出一陣呼嚕聲，並抬高每隻腳並翻開腳掌。他的爪子雖是放鬆的狀態卻充滿危險。葉池懷疑沒有什麼是他的爪子抓不到的。沒有感染的氣味。

「如果你好好休息，傷口會癒合得更快。」她說。棘爪聳聳肩表示無所謂。「我會叫白掌再幫我找一些藥草，」葉池繼續說。「然後用這些藥草抹在腳掌傷口，和你毛皮受傷的地方。如果你睡眠有問題，我可以給你一個罌粟籽。」

「我不需要。」棘爪喵聲道。

葉池轉過身，急於離開這擁擠的地方，發黴的空間和她對受傷戰士的情緒，讓她感覺很不舒服。

她覺得棘爪琥珀色的目光灼燒著她的毛皮。「現在妳可以信任我，葉池。」他喵聲道。

葉池回頭看著他。「我的身分無法評斷你。」

「我知道妳在黑暗森林裡看到我和虎星、鷹霜在一起。」

葉池緊縮著皮毛。「我不能假裝這件事沒有發生。」她低聲說。

棘爪搖搖頭。「不，我不會否認這件事。但是我可以保證我不會再犯同樣的錯。一切都改變了。鷹霜死了——因為我而死！我現在知道我忠誠的所在。現在我是副族長，部族是我唯一在乎的事。」

突然，葉池感受到小貓們在腹中蠕動、推擠著，葉池的側腹傳來一陣陣緊縮。

棘爪坐起身子。「葉池，怎麼了？」

「沒什麼，」葉池咬牙切齒地發出嘶嘶聲。「我……我誤吞了一些原本要治療鼠毛身上壁蝨的老鼠膽汁，就只是這樣。」

「看起來妳需要一些新鮮的空氣，」棘爪喵聲道。「妳繼續忙妳的，我沒事。等妳身體狀況好一點再發送藥草。讓見習生去處理壁蝨！」

葉池跌跌撞撞地走出窩穴，大口吸著冷空氣，純淨的空氣好像是水一樣舒服。

小莓、小榛、小鼠在空地中心排隊，輪流撲向一根棍子。

「受死吧！影族戰士！」小鼠露出潔白的小牙齒，呸口道。

小莓用他的前爪往棍子一揮，直到勾住它。「我打中它了！」他興奮地叫。

小榛朝他們的父親蛛足撲過去。「這才是真正的敵人！」她尖聲叫道，抓住黑毛戰士的尾巴。

蛛足拿著他新鮮獵物跟著小貓繞圈圈。「你在做什麼？」他不耐煩地斥責道，並輕搖尾巴。

小榛低垂著肩膀。「只是在玩。」她小聲說。

黛西從育兒室向外看。「不要打擾你的父親！」她叫道。蛛足哼了一聲，拿起他的獵物。葉池看到黛西瞇著的眼睛。身材修長的黑色公貓走了。

鴉羽一定會願意和我們的小貓玩。葉池試圖阻止這個一閃而過的想法。灰黑色戰士包圍三個微小的貓兒，讓他們撲向他的尾巴，咬他的鬍鬚。在她心裡，想像的背景是模糊的，她不能分辨他是在懸崖邊還是開放的沼澤旁——那裡屬於風族的營地。但無論住在哪裡，只要他們的小貓能快樂就好了吧。

第三章

停！為什麼妳會這樣想？**妳不能擁有這些小貓！**

葉池的耳朵低垂著，感覺到湧上的憤怒和羞愧正在互相攻擊她。她已經背叛了雷族——當遭遇獾的攻擊那時。煤皮死亡，葉池因此選擇離開鴉羽，同時向星族發誓，她永遠不會放棄她的職責。**煤皮，無論妳在哪裡，如果妳能聽見我的聲音，我保證我永遠不會離開我們的部族了。**

她的小貓在她的腹部內一踢，以示抗議。**那我們呢？**他們似乎這麼問。葉池感覺到腹部一陣陣緊縮、震動，她緊緊咬住嘴巴，不敢發出聲音，她意識到黛西正在看她。她強迫自己挺起身子，小跑步到擎天架旁。只有一個地方可以讓她清晰地思考。

「火星，我需要去月池。」

雷族族長看起來很驚訝。「真的嗎？不能等到半月嗎？或者妳有什麼事沒告訴我？」

「當然沒有，」葉池說謊了。「但這是很重要的事。」

「那麼妳就去吧，」火星喵聲說。他躺在窩內，頭靠在前掌上。「妳不在的時候，亮心可以照顧棘爪的傷口。」葉池想開口說話，但他的眼睛閃閃發光繼續說，「我答應我今天會好好留在窩內。不過我認為我的頭應該可以伸出去外面呼吸一些新鮮空氣吧？」

葉池發出一聲呼嚕。「只有你的頭才可以！」一想到能夠去月池喘口氣就讓她頭暈目眩。星族戰士將會照耀她前行的道路，提醒她，她不是一個人，一切都會好好的。

火星動了動他的耳朵。「妳必須現在離開，如果妳想要在天黑的時候，平安順利地抵達月池。」

葉池感激地朝他眨了眨眼睛。「謝謝你，火星。我會儘快回來。」

她跑下岩石堆，小心不要讓腹中小貓的重量使她失去平衡。她注意到亮心就在新鮮獵物堆旁邊，她只是簡單地告訴她，她將會離開一天。

亮心確認會檢查棘爪的傷口，雖然她的藍眼睛閃爍著一絲緊張。

「一切都還好吧，葉池？出現預兆了嗎？」

「一切都沒問題。」葉池告訴她。

松鼠飛朝獵物堆丟了一隻黑鳥。「妳要去哪裡？」

「去月池。我需要和星族說說話。」

松鼠飛抬頭看著暗灰色的天空。「好像會有一場暴風雨。妳確定妳要獨自去嗎？」

「當然，」葉池喵聲道。「星族將會照亮我的路。」

她的姊姊點了點頭。「妳想在離開以前吃點東西嗎？」

「不，我想要趕在夜幕低垂的時候到達。」葉池用她的口鼻輕觸松鼠飛，拒絕這隻母貓再發問更多的問題。儘管她的肚子非常沉重，但她的步伐有著前所未有的輕鬆，讓她能快速地移動。星族一定會告訴她，怎麼做才是對的。

ϟϟϟ

當暴風雨襲來的時候，葉池正準備爬坡，走向山洞中的月池。冷冽凝結的風夾帶著冰雹襲擊她的身體，她的皮毛開始變溼，而且傳來一陣陣的疼痛。她的爪子緊緊揪住碎石下的泥土，以確保風不會吹歪她的行徑。她感覺到她的小貓蜷縮在恐懼中。

不要害怕，孩子們。我會保護你們的安全。

當葉池抵達山上的洞穴時，襲來的寒冷和疲憊使她身體持續發抖，她的腳掌幾乎無法沿著路徑好好的行走。

她跌跌撞撞地走到月池邊緣，看到月池呈現一圈黑影，她的身體倒向堅硬的石頭，水花濺在她的口鼻上。累得幾乎無法向星族禱告，葉池陷入沉睡。

她睜開眼睛，看見溫暖的綠色森林，樹枝剪影透著陽光。有獵物的氣味散發在空氣中，傳來陣陣沙沙聲，是一隻小動物躲藏在附近的蕨類植物中。

葉池環顧四周，希望能看見星族戰士。一隻身材細長的灰黑色貓盯著她。

「該妳了，葉池，」他提示道，他的腳掌抓著一顆苔蘚球，「還記得我對妳做過什麼突襲嗎？」

鴉羽！但她不是應該在星族嗎？記憶中這是她遇見風族戰士的時候，在樹林裡的雷族邊界。

鴉羽甩動尾巴。「不要怕這些苔蘚！」他開玩笑道。「兔子的牙齒和爪子還會反擊，但這不會傷害到妳。」

葉池蹲下來，躡手躡腳地走向苔蘚。貼平她雙耳，將身體的重心轉移到她的臀部，在一剎那間伸出她的腿。在最後一刻，鴉羽的爪子和葉池的爪子在空中彈抓著這顆球。

「哦，不！」鴉羽發出一陣呼嚕。「快逃！」

葉池急轉過身，跳上了苔蘚，把它撕成碎屑。「你看！」她不屑地說道。「你無法從我這裡奪走它！」她抬起頭，笑聲像是泡泡般不斷冒出。「我還是小貓的時候，沒有玩過這個遊戲！」她喵嗚道。

鴉羽瞇起眼睛。「我可以跟妳分享！」

葉池將他推到落葉堆裡。「以為我不會打獵嗎？你的一切時間都是屬於我的！」她察覺自己站在他旁邊，忍不住盯著他的藍色雙眸。

「我永遠也不會離開妳的。」鴉羽低聲說。「噢！」

葉池向後一跳。「我傷到你了嗎？」

鴉羽坐下來，彎腰舔了舔他背脊的底部。「不，我想我壓到荊棘刺了。」

「讓我檢查看看。」葉池推開他的口鼻，撥開他背上的毛髮。「有一個小刺卡在你身上。

不要動……」她彎腰努力地用她的牙齒咬出那根刺。她用腳掌輕輕撫摸他的傷口。「在這裡，等一下就會好一點！」

鴉羽蹭了蹭她的臉頰。「感謝星族，幸好有巫醫能救我！」

「我們去爬樹吧！」葉池提議。她走到被苔蘚覆蓋的橡樹上，盯著樹枝。

鴉羽跟在她後面。「我不明白為什麼我們不能好好待在地上，」他咕噥著說。「我們是貓，又不是松鼠！」

「來吧，」葉池催促著。「你要知道這些樹枝不是看起來都一樣堅硬，站在高處觀看是值得的！」她跳向最低的樹枝，並利用自己的前爪再攀爬到下一根樹枝。鴉羽緊跟在後，小心翼翼地追隨葉池移動著，感謝自己有一身苗條輕盈的身材和靈活的四肢。愈往深處的樹枝愈乾燥，好好利用爪子就能控制移動的步伐。葉池幾乎上氣不接下氣地穿過葉子，到達橡樹頂端。

鴉羽出現在她身邊，緊緊抱住纖細的細枝，葉池覺得這樣會影響穩定感。

「沒事的，」她喵聲說。「我不會讓你掉下去的。」

鴉羽眨了眨眼睛。「我們沒有翅膀，葉池，所以妳要原諒我，我不喜歡我們爬這麼高。」

「但是我們可以看得很遠！」

他們在湖的另一邊，看不見任何一族的營地。顯現在他們的眼前的是，延展開的土地起起伏伏，蔓延到黑色山脈的地平線上。那裡有兩腳獸的窩，紅色點點聚集在一起，但大部分的窩都是空的。

葉池慢慢地接近鴉羽，將她的頭靠在他的肩膀上。他的毛皮散發著青草和微風的氣味，還有一絲絲兔子的氣味。「沒想到我們的家園之外還有這麼多土地。」她低聲說。

鴉羽將下巴輕放在她的頭頂。「某個地方，一定有一個地方，可以讓我們永遠在一起。妳知道的，不是嗎，葉池？」

她點了點頭。「我想知道我們應該能找到這個地方吧。」她低聲說道。

她感覺到那隻灰黑色公貓緊張地依靠在她身邊。「只要我還有最後一口氣在，一定可以。」他發誓道。

突然刮起一陣大風，晃動樹的頂端。在一個心跳時間，鴉羽從樹枝上被拋飛了出去。葉池驚恐地尖叫著，看到他的身體向下墜落。她想跳下去接住他，但風太過狂烈，樹枝不停地上下顫動，壓住了她。她抱住樹枝，低垂著她的耳朵。等到她再次回過神時，雨、森林從視覺上變成漩渦消失在黑暗中。

「救命！」她大哭地喊。「鴉羽！」

分岔的樹枝消失了，她的腳掌下是冰冷的石頭。狂風消逝，葉池意識到她就站在月池邊。有一雙眼睛在陰影裡閃爍著，一個熟悉的氣味籠罩在她身邊。

「斑葉！」她只能輕聲求救。

玳瑁色的母貓向前走出來。她的皮毛點綴著閃閃的星光，她的眼睛猶如黃色的小月亮。

葉池感受到她的小貓們在腹部內非常沉靜。是路程的暴風雨傷到他們了嗎？

「我的小貓沒事吧？」她悲鳴道。

「是的，他們好好的，」斑葉喵聲說，她的聲音充滿了悲傷。「哦，葉池，妳到底在做什麼啊？妳這個蠢毛球！」

葉池退縮，感覺斑葉的話語像是鞭子抽打般。「但是我……」

「妳不能再找任何藉口，」斑葉警告道。「太遲了，妳不覺得嗎？」

「斑葉，別再說了！」一隻灰色老母貓跳上石頭。她扁平的嘴和牙齒裡閃爍著與另一位族貓一樣的銀光。「葉池知道她做了什麼。」

斑葉瞇起眼睛。「如果妳能看清楚這一切，那妳會是一個比我還聰明的貓，黃牙。」

前巫醫扭動雙耳。「智慧有很多種樣貌。現在，讓我和她聊一聊。」她用她的鼻尖指向陰影。斑葉再次看了葉池一眼，然後移到一旁。

葉池蹲在地上，不敢亂動。她正等著黃牙告訴她——她不計後果的代價，會讓她成為到處都不受歡迎的巫醫。但出乎意料之外，她感覺到一個粗糙的舌頭舔舐著她的頭。她微微顫抖了一下，葉池知道老母貓正在使自己放鬆。

「哦，小傢伙，」黃牙發出尖銳的聲音。「我很抱歉。」

「這不是妳的錯。」葉池點出重點，低沉的呢喃聲輕輕圍繞在黃牙的皮毛周邊。

「妳必須知道，妳不是第一個發生這個情況的巫醫。」老母貓喵聲說。

「真的嗎？」葉池感到懷疑。

黃牙點點頭，她的下巴輕輕撫刷著葉池的耳朵。「這曾經發生在我身上，那是很久以前的事了。」

葉池迅速地坐起身子，她的頭撞到黃牙的口鼻。「什麼？」

灰色母貓輕輕嘆了口氣，轉過身坐在月池的邊緣。水依然是深黑色的，倒映著天空的星光。「妳聽說過碎星嗎？」她問道。

「那當然，」葉池喵聲回應。「那是在影族黑星之前的前一位族長。他曾經帶著無賴貓意圖摧毀雷族。」

黃牙點點頭。「他是我的兒子。」

葉池幾乎不敢置信。「有哪隻貓知道這件事嗎？」

「一開始沒有一隻貓知道這件事。這是一個很嚴重的錯誤，我因為帶著這個祕密，感覺生命的每一天都像是被懲罰一樣。」

「所……所以我的小貓會發生什麼事嗎？」葉池低聲問。「他們是一個可怕的錯誤嗎？」

黃牙閉上溼潤的雙眼。「永遠都不可以說這種話。每一條生命都是很寶貴的。這是我們用每一次的呼吸，努力換來的。」

「但是戰士守則說巫醫不可以擁有自己的小貓。這是我犯的錯。」葉池蹲在石頭上，感受到寒意滲入她的爪子間。

「錯誤只是一種說法，但還有其他的方法來判斷我們的所做所為，」黃牙發出刺耳的聲音。「守則規定我們不被允許擁有小貓，因為我們應該愛所有的族貓，對他們一視同仁。應該把部族的一切事務視為最優先的事，部族勝過其他可能與妳有血緣關係的貓。但是妳的小貓即將誕生，葉池，妳會發現妳的心還能再多愛一點，這會超越妳的想像。愛妳的小貓並不意味著妳不會愛妳的部族。」

「那守則應該改變才對？」葉池抱著希望喵聲問。

黃牙抽動著她的尾巴。「我沒有這麼說。戰士守則只是提醒我們應盡的職責。我們不能改變它，就像我們不可能改變季節。」

葉池感覺到她的腹部有一陣陣緊縮，她捲起尾巴護著她的腹部。「有辦法讓我的族貓接受這些小貓嗎？」

「雷族和戰士守則共同生存了這麼久。我不能保證他們會原諒妳。但是妳的族貓這幾個月所遭遇的事情，也許會覺得孩子應該跟他們住在一起。」老貓的目光柔軟地看著她。「妳的小貓不需要走我曾經走過的老路，如果他們相信自己想追尋的生活，愛會從他們第一次呼吸的那一刻產生，他們將有機會成長為一名強壯又忠誠的戰士。」她低頭盯著自己的爪子，「我犯的錯誤是讓碎星覺得沒有一隻貓愛他。」

「請妳幫幫我！」葉池哀求道。「我想要忠誠於我的部族，但我不能讓這些孩子消失！」

黃牙站起身，開始走向陰影。「妳比我還聰明，這是重點。」

葉池想開口抗議。但是有一股風吹來一陣黑暗，當她睜開眼睛時，她和肚子裡的小貓躺在月池旁，他們的蠕動似乎在告訴她，他們厭倦躺在冰冷的地面上。葉池伸展她的爪子。

顯然星族的意思是：她的職責是繼續擔任雷族的巫醫。但是有辦法保有這些小貓？

葉池知道她有一位值得信任的貓。同時她又想到的：這隻貓有屬於自己的愛與幸福了。她是否能接納這些無助可憐的小貓？葉池覺得這隻貓已經擁有她所想要的生活，而且她倆的感情似乎漸行漸遠……

第四章

「松鼠飛，我需要跟妳談一談。」

黑暗中，薑黃色母貓轉身看向葉池。

「妳就不能等一下嗎？」她豎起毛髮，綠色的眼睛裡閃爍著不高興。「棘爪希望我取些浸溼的苔蘚給育兒室，即便那是見習生的任務。自從火星讓他成為副族長後，他就指派東指派西。」

「我可以和妳一起處理。」葉池提出道。

松鼠飛扭動她的雙耳，「好吧，如果真的是很重要的事就一起吧。」

她們走過鼠毛身邊，步行到入口處。老母貓看了一眼葉池的腹部說，「月池有很多老鼠嗎？妳看起來胖了不少，葉池！」

葉池瑟縮了一下，並試圖隱藏她的腹部。

「星族在這個季節總是很慷慨。」她喵聲說，同時加快腳步離開。

直到她們穿越荊棘叢，松鼠飛看著葉池。

「哇，鼠毛講話總是這麼直接！不過，她是對的。妳偷吃了那麼多獵物嗎？」她語氣溫柔地打趣道，但葉池只覺得毛皮一陣發熱。

「我從來沒有這麼做過。」她喵聲說。她跳進了蕨類植物堆裡，向湖邊斜坡快速走過。涼爽的葉子刷過她的皮毛，使她感覺平靜。在她身後，松鼠飛正在喃喃自語。

「棘爪以為他是誰啊，老是在我的耳朵後唸個不停？公貓就是有這麼多麻煩！妳知不知道妳有多幸運，妳不用煩惱這些有的沒的。」當她發現她距離妹妹有點遠時，跑向她身邊。

「嗯，我知道妳還有鴉羽……」

葉池什麼話也沒有說。她們從樹叢走到湖岸的邊緣。鵝卵石分布在她們的爪子下，在她們眼前是平坦寬廣且泛著銀白色光芒的湖泊。

松鼠飛小跑步前進。「這裡有一堆很好的苔蘚，」她驚叫道，「這不用花太長時間浸泡，可以直接把它帶回營地。我想把它放在棘爪的窩。」她喘著氣補充道。

葉池等著她的姊姊，直到她停在一棵倒下的樹，那上面生長著一層厚厚的苔蘚。她的心瘋狂跳耀著，毛皮似乎感覺有許多小刺。小貓還在，就像在等待。**我別無選擇**，葉池提醒自己。

「我需要妳的幫忙，松鼠飛。」她開始說。

薑黃色的母貓停頓了一下，抬起頭來。「沒問題。妳想讓我幫妳找一些藥草嗎？」她扮了個鬼臉。「妳不是要我幫忙收集老鼠膽汁吧？」

「不，不是這件事。」

松鼠飛瞪大了雙眼。「難道妳是要我幫妳跟鴉羽說些什麼嗎？葉池，妳知道我不能這樣做！」

葉池皺起眉頭，閉上了雙眼。**有些事鴉羽絕不能知道！**

小石子滾出松鼠飛的爪子，她轉移她身體的重心。「那到底是什麼事，葉池？它顯然非常重要。」她發出一聲嘆息。「我以前總是知道妳在想什麼，但最近——自從……自從鴉羽的事情——妳好像一直躲避我。發生什麼不對勁的事嗎？妳有什麼很害怕的事，不能告訴我嗎？我是妳的姊姊！」

葉池凝視著整個湖泊。三個小光點在水面上跳舞，即使有雲的天空依然是灰色的。

「我懷有小貓了。」

「妳說**什麼**？」松鼠飛從那棵倒地的樹幹上跳了下來，面對面看著她的妹妹。「他們是鴉羽的孩子？」

「那當然。」葉池厲聲說。

「是啊，那當然。」松鼠飛沮喪地盯著她。「妳又要離開了嗎？我會捨不得妳啊！以後誰能成為我們的巫醫呢？」

葉池抬起頭。「我是雷族的巫醫，」她喵聲說。「沒有什麼比這更重要的事。松鼠飛，妳必須幫我找到一個方法，留下這些小貓，為我們的部族盡一份之力！」

松鼠飛倒退了一步。「那是不可能的！」

「如果沒有我，雷族不會有巫醫。」葉池堅持道。「沒有足夠的時間可以訓練見習生，還有治療與獾打鬥的傷口！」

松鼠飛的雙眼陷入一陣迷茫。「其他貓能接管妳的職責。亮心懂草藥，不是嗎？妳不必成為巫醫，葉池。最終，每隻貓都會去習慣這件事。而且我們的族貓並不完全知道妳和鴉羽的事啊。」

「雷族貓需要我成為他們的巫醫。我不能擁有這些孩子！」

松鼠飛看著葉池腫脹的腹部。「我不認為妳現在必須做出選擇。」她靠攏過去，葉池感受她姊姊的溫暖呼吸貼近她的臉頰。「我會幫助妳，盡我所能，我保證，」松鼠飛低聲說道。「一切都會沒事的。」

葉池看著小光點墜落在湖中，泛起一陣陣漣漪。

哦，松鼠飛，妳不明白。一切是不可能沒事的。

第五章

葉池抬頭看著小莓一瘸一拐地走進育兒室。「發生什麼事了？」她喵聲問。

小榛的頭突然出現在她手足的身後。「他站在一個巨大的荊棘上面！」她發出嘰嘰喳喳的響聲。「他的爪子充滿了刺！」

小莓痛苦地舉起前爪，用力地揉揉眼睛，扭扭他的頭。「我還能打獵嗎？」他忍不住嗚咽哭了起來。

葉池研究了小小的粉紅色腳掌。她可以看到有一根刺，大約比一隻老鼠的鬍鬚還要長一點。「我認為你會沒事的。」她喵聲安慰道。

「我可以進來嗎？」一個聲音從入口處傳來。亮心在她面前拿出一束蜘蛛網。「給妳，」她驕傲地說，並把它們放進石牆的一處裂縫內。「我在岸邊的一張老樹皮下發現的。」

亮心眨了眨眼睛。「當然，如果妳需要我幫忙……」她瞇起眼睛看向小莓的爪子。

「哇，好大一根刺！好，你不要亂動。」

小莓靠在小榛身上，亮心彎下腰用腳掌按住他的腳並咬出那根刺。她吐到一片葉子上，才直起身子。「好了。」她說。

「會痛嗎？」小榛問道。

小莓點點頭。「有一點。但我幾乎是一位戰士了，所以我不介意。謝謝妳，亮心！」他輕輕一甩粗短的尾巴，與他的手足一路小跑出巫醫窩。

亮心看著他們離開，然後轉向葉池。「妳有什麼事想告訴我嗎？」她喵聲道，一隻眼睛瞪得斗大，布滿著擔憂。在窩穴的微光下，她的白色毛皮閃閃發光。

葉池瑟縮了一下，「什麼意思？」

「到目前為止，我幫鼠毛治療受壁蝨感染的傷口，還整理最後的蓍草，收集了蜘蛛網，現在解決了我看過最小的刺。妳知道我從不介意幫助妳，但所有貓都認為妳不會讓我成為妳的見習生！」

「妳是怎麼想？」葉池輕聲問。

亮心發出一陣呼嚕聲。「我很榮幸得到妳的認可，但我有雲尾和白掌，我是一位母親也有一名伴侶，我不想放棄。沒錯，葉池，妳做了一個勇敢的決定，追隨妳的命運，尤其是在⋯⋯鴉羽的事以後。我很高興我能幫妳，也喜歡幫助妳，我希望永遠不會改變，在這麼多小貓之中選一個見習生，應該不是難事。」

接著她鑽入荊棘隧道的入口，陽光消失在寒冷的冬日。葉池回到巫醫窩。她過去的生活從來沒有感覺過如此的孤獨。

她腹內的小貓扭動著，像是提醒自己，她並不孤單。她一閃而怒，看著肚子裡未出生的小貓。**為什麼你們要來？你們的父親甚至不知道你們的存在。你們會毀了一切！**

過了三天，伴隨著失眠與恐懼，葉池看著每一個日出出現在樹頂，她感覺到筋疲力盡，她的肚子拖累她，使她大多數的時間不敢離開窩穴，以防族貓們發現了什麼。她一直躲著鼠毛，請亮心到長老窩檢查老母貓的感染。他們後來沒有針對新見習生的事再做任何討論。

正當葉池在數她的罌粟籽時，出現一陣騷動。她伸出腦袋，看到雲尾帶回白掌，導師將蒼白的身體扛在自己的肩膀上。其餘的黎明巡邏隊隊員圍繞在四周。

刺爪脫離貓群，大聲哭喊道，「葉池，快點！白掌受傷了！」

亮心飛快地奔出戰士窩。「發生什麼事？」她幫助雲尾將他們的女兒放置在地上。「白掌！醒醒！」

葉池跑了過去。「退後，亮心，」她輕輕地喵聲說。「讓我看看她。」

亮心慢慢踱步走向雲尾。「我們的孩子！」她嗚咽地哭了起來。

小白貓躺在地面上一動不動，只有淺淺的呼吸，她的心跳非常微弱。葉池抬頭看向蕨毛，他一定親眼目睹他的見習生遇險的過程。「告訴我究竟發生了什麼事？」她命令道。

金黃色的戰士瞇起眼睛開始回憶。「她是在練習她的最後訓練。兔子穿越過風族邊境，白掌追了過去。她抓住牠，但它開始掙扎著，並且逃掉。等我追上她時，她已經是這樣了。」他語調帶著震驚與不捨。

栗尾走到他的身後，即使聽見育兒室的喧鬧聲，依然將尾巴搭在他的肩膀安慰他。「這不是你的錯。」她低聲說道。

葉池仔細檢查白掌的身體和她的爪子，有骨折的跡象。白掌的下巴上方有些腫脹且感覺燙手。「她的臉被兔子攻擊了嗎？」

刺爪點點頭。「是的，我想應該是這樣。」

「這個衝擊力道很大，」葉池喵聲說。「我猜這是一隻很巨大的兔子？」

「很巨大，」蕨毛附和著。「我不敢相信白掌以為她可以抓得到牠。」

亮心難過地哀號。「我可憐又勇敢的孩子！」

葉池繼續檢查。她希望白掌能自己醒過來，她還需要檢查是否有其他任何傷害。她的腿看起來沒問題，但是尾巴的角度似乎有點不對勁……

「我認為她的尾巴斷了。」葉池宣布道。

雲尾眨了眨眼睛。「這有可能發生嗎？」

「這很罕見，但我聽說過這曾經發生。」葉池在白掌脊柱的底部，摸到疑似受傷的痕跡。

白掌抖動了一下。

「她醒來了！」亮心驚叫道。「這代表她還很痛苦嗎？」

葉池點點頭。「她的尾巴受到的傷害最多。」

「那麼妳必須給她一些東西幫助她入睡！」亮心堅持道。「我可以拿一點罌粟籽嗎？」

葉池想了一會兒。罌粟籽可能會讓白掌睡得更深沉，萬一還有其他她沒預料到的，這樣做反而會讓她陷入險境，她需要的是儘快醒過來，這樣能確保是否還有其他部位使她感到疼痛。

「不，」她終於回答。「痛苦不會持續太久，如果它有助於喚醒白掌，這可能是一件好事。」

亮心感覺非常沮喪，但葉池決定忽略她。

「刺爪拿著棍子，把它放在白掌的嘴裡，以防她咬到自己。蕨毛，握住她的兩條後腿，固定好它。」她很堅定地把她的爪子放在白掌的臀部。小貓發出更多不舒服的呢喃聲。

蕨毛緊咬牙關，與葉池站在同一方向。「你得堅強一點，」葉池警告說。「她的尾巴可能無法輕易復原了。」

她意識到她連爪子都在顫抖。她試圖回想鼩鼱和兔子的骨架，煤皮曾經用這些生物的骨頭組裝方式讓她能更了解。有那麼一會兒，她猶豫了一下，擔心她會害見習生傷得更重。

蕨毛在她耳邊低聲說，「我知道妳能做到的，葉池。開始吧。」

葉池深吸了一口氣，伸出一掌開始從白掌尾巴的頂端觸碰。她用另外一掌將小貓的臀部固定住。蕨毛負責保持臀部穩定，葉池開始扭動尾巴。白掌的眼睛依然緊閉著，但她會發出一陣陣可怕的尖叫。

亮心負責讓她不會往前爬，雲尾負責讓她不會向後退。蕨毛持續保持白掌的穩定，他發出哼哼一聲努力著。葉池持續施予壓力，直到白掌皮毛底下傳來一聲喀拉聲。突然她爪子中的尾巴變得放鬆，白掌緩緩吐了一口氣。

「妳做到了！」亮心喘著氣說。

白掌哆嗦了一下，睜開了眼睛。「我在哪裡？」她喵聲問。

「妳沒事了，」亮心告訴她。她用她的腳掌撫摸著白掌的頭。「葉池剛剛在治療妳的尾巴。」

「我的嘴巴好痛。」白掌嗚咽哭了起來。她的下巴腫脹使她難以繼續開口說話。

「也許下次妳再看到一隻兔子，應該讓牠跑走才對，」葉池喵聲說。「妳遭遇嚴重撞擊有一段時間了，但是我可以給妳一些東西舒緩妳的疼痛。刺爪、蕨毛，幫忙將白掌運進我的巫醫窩。我請樺掌去幫我找一些乾淨的苔蘚和羽毛放入窩裡。」

刺爪很輕鬆地抬起白掌，她的導師與亮心則是抱住她的肩膀保持穩定，他們慢慢走入石堆裂縫中。

「妳做得很好，親愛的。」葉池背後發出一個讚賞的聲音。

「沙暴！」她喵聲叫。她沒有注意到她的母親原來一直在觀察著。

「我為妳感到驕傲，」沙暴喵聲說，她綠色的眼睛綻放著光。「你甚至設法讓亮心保持平靜。」

「沒有一隻貓后捨得看到她的小貓痛苦。」葉池喵聲說。

「那當然，」沙暴同意這個說法。她向前邁進一步，將她的尾尖放在葉池斜側。「即使她的小孩長得再大，母貓始終是一個母親。」她的呼吸很溫暖，還帶著甜甜的氣味。「妳還好吧，葉池？」她低聲問道。「妳看起來心煩意亂，好像有什麼事困擾妳了。妳知道妳可以告訴我任何事情的。」

不，我不能說！

葉池感受到一個微小的顫動，她突然想離開這裡，她靠沙暴靠得太近，必須離她遠一點，她的母親經驗豐富，可能會從一隻母貓身上觀察到或聞到什麼。

「我需要去找一些新鮮的蓍草，」她喵聲說。「幫我告訴亮心，請她留在白掌旁邊，不過她不能給她任何罌粟籽。我不會離開太久。」

沙暴點點頭，雖然一臉困惑的樣子，但她並沒有試圖阻止她。

葉池轉身走出荊棘屏障。不需要任何思考，她走向邊坡。蓍草總是長在靠近營地，湖的邊緣。她沿著風族邊界行走，植物就生長在這邊界邊緣，她用手掌慢慢採摘。

一個呼吸之間，她聞到荒地和兔子的氣味，她感覺到肚子的小貓正在轉動。**他們知道他們的父親是來自哪裡嗎？**

當她準備拔蓍草莖時，突然聽到鄰近河流上方，有一群貓的聲音。是風族巡邏隊！葉池低頭躲藏，只看到四隻貓正在奔跑越過草地。鴉羽一路領先，他灰黑色皮毛飄揚，移動時彷彿地上的影子一般。一隻黑色的母貓跑到他身邊，與他相互一致地前進！

葉池快速地離開溪流，躲進一旁的灌木叢。帶刺的葉子刷過她的皮毛，擋住她的視線。她知道自己沒有犯什麼錯，沒有跨過部族邊界，也沒有拿任何屬於風族的東西。但她還沒準備好面對鄰族的審查。

她聽到風族貓暫停更新氣味標誌的行動，然後繼續往山上走去。葉池稍等片刻，接著扭身從樹叢走出來，樹枝刷過她的皮毛，搖晃不止。

當她回到溪流邊，並拖咬著蓍草莖時，一個聲音嚇了她一跳。

「妳以為我沒有注意到妳嗎？我知道妳的任何氣息！」

葉池嚇得扔掉蓍草莖，它掉進了小溪裡並濺起水花。「鴉羽！你在做什麼？你的巡邏隊在哪裡？」

「我打發他們去山脊的另一邊巡邏了。」鴉羽的藍眼睛明亮閃爍，且一直查看她。「我……我想看看妳。」

葉池倒退了一步。「我很好。正在忙，就像你現在看到的。」

突然，鴉羽越過溪流。他的氣味飄散過來，葉池很想親近他，將自己靠在他的肩膀上，感受他皮毛的溫暖。

「我失去妳了，」他低聲說，如此之近，她能感覺到他的氣息就在她的口鼻之間。「我需要妳和我在一起。我希望事情會不同。」

「我也希望，」葉池喵聲說。「比你所想的還希望。」但她看見白掌脆弱的身體躺在地上，鼠毛被壁蝨咬的傷口滲出流液，小莓的腳需要包紮。這些族貓，真的需要她。她挺起身子。「但我們不能改變什麼了，鴉羽。一切都結束了。我是雷族的巫醫，直到我加入星族也不會改變。」

她看到鴉羽退了一步，盯著她。

他認為事情還可以回到過去嗎？現在不管發生什麼事都是我的命運，我必須獨自面對。他不能成為我生命中的一部分！

「我認為你應該離開了，」她輕聲說。「你的巡邏隊很快就會回來找你。你想讓他們再懷疑你的忠誠嗎？」

鴉羽眨了眨眼睛。「我不認為我們會在乎這件事，不需要去想族貓會不會相信我們。」

「好吧，但我在乎，」葉池喵聲說。「回到你的部族吧，鴉羽。我不能讓你再改變一切。」

她說的話似乎重擊了風族戰士，他閉上他受傷的眼神，「如果這是妳真正想要的。」他低聲說道。

「這是我要的。」葉池咆哮道。她的小貓在腹部內激烈地扭動，葉池擔心鴉羽會看到。他們能聽到我和他們父親的對話嗎？

哦，孩子，我有什麼選擇？如果我不能待在雷族，我們將一無所有！

鴉羽跳過了溪流，凝視著她，張嘴似乎還想再說些什麼，但一陣快速奔跑的聲音傳來，巡邏隊從山脊另一邊回來了。他的巡邏隊隊員像在賽跑。

葉池繞過草叢，撲向裡面的冬青葉叢。她從葉縫中可以看見巡邏隊走回鴉羽身邊。

一隻黑貓一接近他，就用尾巴與他的尾巴纏繞。當她說話的時候，葉池認出了她是夜雲，一個從未對雷族表示友善的風族戰士。

「沒什麼事吧？」夜雲問。「你在跟誰說話？」

「不重要的貓，」鴉羽哼了一聲，葉池感到心碎。「走吧，我們要繼續完成巡邏。」

風族貓離開邊界。葉池從她的藏身之處爬了出來。

不重要的貓？嗯，看起來現在夜雲對他來說是重要的。鴉羽回去以後會繼續隱瞞嗎？他的生活似乎已經開始，他的族貓看起來不像會懷疑他的忠誠。

葉池獨自行走，和她腹中命中注定的小貓。

星族祖靈說祂們不能告訴我該怎麼做，但是黃牙一定知道我可能會需要哪些幫助。我必須回去找她，詢問她經歷過的一切，我需要一些建議。我不能獨自面對這一切！

第六章

亮心陪伴白掌一整夜，窩穴內有點擁擠，葉池很高興她能幫助見習生時時保持清醒，見習生的下巴依然很痛，但尾巴只是隱隱作痛。她仍然不敢給白掌一些罌粟籽，所以亮心蜷縮在她的女兒旁邊，舔了舔她的頭頂，催促她快點睡覺。

日出時，族貓們都在打瞌睡，所以葉池躡手躡腳地從新鮮獵物堆找些食物給她們，以防她們醒來會餓。

松鼠飛和棘爪剛剛才和黎明巡邏隊一起回來，雨鬚發出很歡樂的呼嚕聲，似乎在說些什麼。聲音聽起來像是在討論忘掉很久的事。葉池加入她姊姊和棘爪的行列，準備到擎天架向火星報告。

「妳要跟我去月池嗎？」葉池問道。「我需要和星族說說話，但我不想單獨去。」葉池偷看一眼她笨重的腹部。

松鼠飛點點頭。「好吧，我可以陪妳去。」

妳現在就要出發嗎？」

「我想我們今天可以出發。白掌則由亮心照顧她。」

「讓我先去告訴火星和棘爪。」松鼠飛小跑步奔向岩石，身影消失在族長窩。葉池感覺得出小貓在腹部內的下墜感，對於必須長途跋涉前往月池，她感到有些恐懼。

松鼠飛再次出現。「我都交代好了。走吧，然後……」她抬頭看著天空，雲朵雖多但像鴿子翅膀一樣稀薄。「至少我們不會被弄溼。」

⁂

她說的沒錯，幸好沒有下雨，但旅程路上使葉池感到艱難，似乎每一塊石頭都滾離她的爪子，每一叢荊棘都會伸出手抓住她的皮毛，她肚子的重量使她上氣不接下氣。

松鼠飛放慢腳步走在她的身旁，碎石影響葉池的步行，她覺得葉池現在應該需要躺下來休息。

最後她們終於到達，慢慢地往月池的方向走去。松鼠飛驚訝地盯著山洞。夜幕低垂，點點星光已倒映在銀色的池水中。

「真是太美了！」她低聲說。

有別於在舊森林，現在見習生已經不能在接受巫醫訓練時，特別來到這裡受訓。

看見松鼠飛對月池一見鍾情的模樣，葉池為姊姊的反應感到高興。

「非常美吧。」她同意道。「妳有感覺到路上的足跡嗎？」

松鼠飛用她的手掌搓搓有凹痕的石頭，點了點頭。

「這塊石頭上面有所有貓的掌印，」葉池解釋道，「在我們來到這裡以前，我們不是第一個知道有這麼特別地方的貓。」

「哇，」松鼠飛吐了一口氣。「我很榮幸我能在這裡。」

「我懂妳的感受，」葉池喵聲說。「跟我來。我需要躺在水邊。」她步下螺旋路徑，她的姊姊緊隨在後。當她們走向池邊時，在池中的閃閃星光更顯耀眼。葉池將頭低下，靠在冰冷的石頭上。

「現在會發生什麼事？」松鼠飛問道，並坐下來環顧四周。

「我將會在睡夢中與星族分享舌頭。妳也應該好好睡一覺，如果妳睡得著的話。等一下還要再花一點時間走回去呢。」

松鼠飛蹲伏下來，同時抱怨地板很硬。但她的呼吸逐漸變慢。葉池慢慢地朝她姊姊靠近，感覺到她身體的溫暖，接著閉上眼睛。

當她再次睜開眼睛的時候，黃牙就站在她身邊。老貓灰色的毛皮一如以往的凌亂，她的呼吸會發出刺耳聲，聲音響到能在洞穴中迴盪。

「又跑來這兒？」黃牙哼了一聲。

葉池伸展她的腳掌。「請妳幫幫我，黃牙。我覺得我的道路黯淡無光，我找不到正確的路。」

老貓嘆了口氣坐了下來。「我很抱歉妳有這樣的感覺，葉池。當妳開始做這件事時，妳應該想到後果。」

「嗯，我沒想過！」葉池伸展她的腰部。「我只能一直說抱歉說到湖水變乾那一天，但這樣也不能改變這件事。請妳幫我決定我該怎麼做，我無法和其他貓商量！」

出乎她的意料，黃牙並沒有再說些什麼。相反的，她俯下身子，伸出一掌碰碰松鼠飛。松鼠飛抬起頭，一臉疑惑。

「該走了嗎？我才剛剛閉上眼睛而已。」她的目光落在黃牙身上。「哦！妳來自星族，對吧？」

黃牙扭動她的耳朵，眼中閃爍著星光。「不用想也知道。妳知道我是誰嗎？」

松鼠飛偏頭一想。「我猜妳是黃牙。我聽說過許多關於妳的故事。」她注意到老貓的毛髮糾結，毛皮上塵土飛揚，還有她抽動的鼻子。「到處都能聽到妳的故事。」

「我真是受寵若驚。」黃牙冷淡地評論道。

松鼠飛站了起來，來回看著黃牙和葉池。「為什麼我在這裡？有沒有什麼辦法可以讓我幫助葉池，留下她的小貓？」

「有辦法，」黃牙喵聲說。「妳可以養育他們，將他們視為己出。」

松鼠飛看起來嚇壞了。「什麼？我怎麼能這樣做？這樣我就是對火星、對所有族貓，還對**棘爪**撒謊！」

老巫醫眨了眨眼睛。「如果一個謊言是能保下這些小貓，那勢必要這麼做。」

松鼠飛緊張得來回踱步。「我很抱歉。我想像不到我可以這麼做。這出乎我預料太多了。」

「如果妳不願意這麼做，我也想不出其他辦法，」黃牙發出尖銳的刺耳聲，「我能理解妳為什麼不希望承擔這麼巨大的責任——身為一名巫醫，當然，我是無法贊成這件事。」

葉池僵硬著身體。所以黃牙不打算告訴松鼠飛，自己過往發生的可怕事情嗎？

「但我能看到妳的未來，松鼠飛。」黃牙繼續說道，她的聲音幾乎蓋過從石縫穿來的風聲。「我知道妳會是一個很好的母親。」她渾濁的黃色目光飄向月池，那裡泛起陣陣漣漪。她的耳朵顫動，好像她看到有什麼東西在水裡。她眨了眨眼睛，然後轉身面對松鼠飛。「我很抱歉。」她低聲說。

松鼠飛盯著她問。「抱歉什麼？」

老母貓嘆了口氣。「我希望星星從沒告訴我這個預言。但提醒預言是我的職責。松鼠飛，妳永遠不會有自己的小貓。」

葉池不敢置信。**怎麼回事？**

她的姊姊站在她身後，身體不住顫抖搖晃。「妳確定嗎？妳怎麼會知道？」

「妳是在質疑星族嗎？」黃牙發出噓聲。然後她又平緩她豎起的皮毛。「這是葉池給妳的唯一機會，成為一個母親。並且讓棘爪能成為一位偉大的父親。有一天他會成為雷族族長！他需要這些小貓的追隨，妳不覺得嗎？」

葉池屏住呼吸。

松鼠飛站了起來，走到月池的邊緣，她凝視著水面星光點點的蕩漾。黃牙跟在她身後。

「我知道這是多麼困難的決定。來，躺下吧。當妳醒來以後會想得更清楚。」她引導松鼠飛回到之前她躺過的位置，那塊溫暖的石頭上。

松鼠飛蜷縮身體，維持沉默並順從指示，黃牙用舌頭舔過她的頭，安撫她使她足以沉沉睡去。

葉池等到姊姊熟睡以後，接著站起身問。「星族從未在月池邊顯現未來的情況，」她平靜地喵聲說。「妳說的是真話嗎？」

黃牙一直注視著松鼠飛的頭部。「事實是，松鼠飛擁有這些小貓將會成為比妳更好的母親，葉池。現在這是唯一重要的事。」

葉池想再說話，但黑暗壟罩了她，使她起了睏意。她躺下來，閉上她的眼睛，黃牙發光的身影逐漸消失。

當葉池醒來時，松鼠飛站在月池旁邊。她並未環顧四周，只是喵聲問：「妳還記得我們的夢想嗎？」

「還記得。」葉池低聲說。她的四肢都在顫抖。

松鼠飛真的需要這些小貓嗎？這意味著他們可以留在雷族，她可以看著他們成長，同時還能繼續當一名巫醫，也許這是唯一的答案。

松鼠飛轉身面對她，她的目光柔軟且充滿悲傷。「我愛妳，葉池，我會遵守我的承諾來幫助妳。但我不能欺騙棘爪一輩子，還有欺騙火星、沙暴和我們所有的族貓。我很抱歉，但是我不能這麼做。」

第七章

天空出現一道光，從山洞頂端射入，照亮葉池和松鼠飛。

疲勞使葉池感到頭暈目眩，回程的時候她一直斜靠在姊姊的肩膀。她不得不好好地思考。為了避免其他族貓發現，看到她是多麼的虛弱，甚至喘不過氣來。她直接衝入窩穴，白掌在裡面熟睡。

亮心坐在她女兒旁邊，捲起新的乾蓍草葉。「她今天看起來不那麼痛了。」她說。

她細看葉池。「妳看起來疲憊不堪！妳根本不需要連夜趕著回來！我今天還可以照顧白掌一整天。」

葉池一屁股坐在她的窩內。「我知道，但我們不想睡在山上。妳現在應該去吃點東西吧？」

母貓再次瞥了她一眼，然後步出窩穴。葉池伸展四肢，並笨拙地將她的腹部隱藏在另一邊。

無法再去一次月池了，小傢伙們。星族為我們做了那麼多。黃牙也許是對的。把孩子交給松鼠飛是唯一的方法，這樣大家都可以待在部族。如果松鼠飛不願意這麼做，那麼我們就必須找到自己的道路。

她的腳掌腫脹得很不舒服。她知道小貓可能將會在下個弦月出生。屆時她不得不離開營地，找一個安全的地方生下小貓。在那之後，她不曉得會發生什麼事。如果族貓們拒絕接受她的小貓，那她必須放棄她在雷族的巫醫身分，直到永遠。

許多貓都不在營地，所以葉池知道她可以好好喘口氣。在這個很難抓到新鮮獵物的季節，葉池即使懷有小貓，也知道她還能暫時應付飢餓感。等到她必須離開的時候，她會去新鮮獵物堆多吃一點食物，並且希望其他族貓不會注意到她。

直到下一次的日出，白掌都必須坐在她的窩，即使她會強烈的抱怨不能離開窩穴這件事。目前為止，這是讓她可以復原的最好方式。

亮心知道最好不要過分關心她的女兒，她會站在遠處觀察，等到她抱怨的時候，會提供食物或浸溼的苔蘚給她。

葉池抽動尾巴，示意亮心進入洞穴。

「妳介意我離開營地嗎？」她問道。

亮心瞥過一眼看她。「發生什麼事了？」

「我……我必須去尋找一種草，它沒有生長在我們的領土上。當我去月池的時候，星族告訴我要找到這種草。」

「在綠葉季的時候我們會被綠咳症大傳染嗎？」亮心擔心地喵聲問。

葉池搖了搖頭。「不，不是這樣的。妳能代替我的職責，直到我回來嗎？」

「當然，」母貓喵聲說。「但不要離開太久，葉池。我們需要妳在這裡。」

火星是很不容易被說服的族長。「是星族告訴我們，需要這種草藥？」

「對。」葉池覺得她的皮毛豎起。她討厭對她的族貓撒謊，尤其是她的父親，他信任她解釋的預言。

她希望星族能原諒她說的這個謊言。

「那妳得去，當然沒問題，」火星喵聲說。「星族有說可能需要多久的時間才能找到這種植物嗎？」

葉池吞了口口水。「我可能會消失一個多月。」

薑黃色的公貓眨了眨眼睛。「一個月嗎？那這草藥一定非常重要。」

沙暴進入族長窩時聽到這些話。「妳一定得現在去嗎，葉池？不能等到禿葉季過後嗎？」

她的聲音充滿溫柔，但這句話使葉池的皮毛感到灼熱。該讓她知道我為什麼必須離開嗎？

「不，來不及了，」她堅持道。她凝視著她的父親。「星族等不及叫我現在出發，萬一我的族貓有任何危險怎麼辦。我保證我會儘快回來。」

火星甩動他的尾巴。「妳要獨自出發嗎？」

葉池點了點頭，但那一刻松鼠飛衝進洞穴裡。「不，她不會獨自出發！我會陪她一起去！」

葉池盯著她的姊姊。

松鼠飛繼續說道，「是真的，妳有跟亮心說了什麼嗎？妳現在要離開雷族？」

「只是暫時的。」葉池低聲說。

「那我會和妳一起去。」松鼠飛喵聲道。

「這樣我會更高興，至少妳不是獨自行動。」火星同意道。

「我也同意。」沙暴低聲說道。

「希望妳可以讓松鼠飛和妳一起去。」火星喵聲說，語氣中暗示這是他最後的決定。

葉池瞥了她姊姊一眼，然後揚起下巴，點了點頭。「好吧。謝謝你，火星。」

他把口鼻抵在她的頭給予鼓勵，然後看著她走出族長窩。

走下岩石堆時，葉池轉向松鼠飛問道。「妳知道我要去哪裡，不是嗎？」

松鼠飛點點頭。「是的，我會確保我的承諾，隨時都可以幫助妳。」

「妳告訴棘爪了嗎？」

「妳不打算等我就要出發嗎？對吧。」松鼠飛嘟起她的嘴巴。「他試圖說服我留在這裡，讓刺爪或雨鬚陪妳去。但是我說，妳有先問過我。」

葉池突然感到這個謊使她精疲力竭，半真半假，祕密的重量讓她的腹部愈來愈往下墜。

「我很高興妳來了。」她低聲說道。

松鼠飛用尾巴尖端碰碰葉池的耳朵。「我永遠不會讓妳單獨走。」

在正午之前她們必須離開，雖然從樹頂上看不見太陽，但還是能感受到陽光透射在濃密的黃色雲朵上。

棘爪捲曲尾巴與松鼠飛的尾巴交纏，似乎試圖說服她改變心意。但松鼠飛聳聳肩。

「我相信你就算沒有我，也可以組織巡邏隊。」她輕笑。但她的語氣帶點緊張，且聲音尖銳，葉池知道她的姊姊在害怕什麼。沒有任何辦法可以讓她向松鼠飛掛保證。未來像一個無底深淵將她吞噬，前方的道路已經直接將她帶入黑暗。

她們朝山脊上方快速的走去，只要遠離雷族邊界就可以了。她們在路上步伐急速，葉池有一股衝動，希望盡可能遠離她的部族。她似乎隱隱約約還能聽見族貓們的對話聲，就環繞在這四周。

儘管她的肚子隆起，但她走得相當快，松鼠飛有時不得不快步跟上。

「妳在急什麼？」她喘著氣說。

葉池只是看著她。松鼠飛尷尬地回避她的眼神。「好吧，讓我們繼續。」

從茂密的灌木叢和鮮嫩的小樹，走向雷族交界，開始出現稀疏的老樹，老樹色澤灰乾，上面布滿了苔蘚。穿越稀稀疏疏的蕨草叢，腳掌下盡是柔軟的草地。她們非常迅速地移動到這裡，但葉池的腳掌開始感覺疼痛，於是她緩下腳步。松鼠飛沉默不語，她維持穩定的步伐，確認若葉池被絆倒時，這距離安全的得以讓她扶巫醫貓一把。

樹叢縫隙間可以看見湖面，葉池認為她們應該是接近影族領土。她希望氣味不會飄過邊界。當她們繞過接骨木叢時，松鼠飛發出輕柔的叫聲。

「妳看！那裡有一個兩腳獸窩！」她跑向前，向下滑下去，看著它搖搖欲墜的模樣，裡面堆滿紅色的石頭。葉池仔細研究它。如果兩腳獸曾經住在這裡，似乎已經是很久以前的事了。屋頂上有洞，在石頭上蔓延的藤蔓，使這個窩穴看起來像在生長皮毛。

松鼠飛再次現身在入口處。「我們可以在這裡過夜，」她喵聲說。「這裡很乾，還有老鼠氣味。」

凝視著窩穴，葉池接著走進去。雖然到處充滿了陰影，但因為沒有交錯灌入的風而使這裡很溫暖。松鼠飛越過她，在一堆舊稻草前面嗅聞。

「妳知道，這將是讓小貓們可以出生的好地方。這裡非常乾淨且乾燥，還有足夠的獵物，萬一發生什麼事，也不會離我們的部族太遠。」

葉池發出噓聲打斷她的話。「我們不能要求任何族貓來這裡幫忙！這裡太接近領土，我們可能會被看到或聽到。不，我們不能待在這裡。」

伴隨著恐慌感，她感覺到她的身體正在腫脹，她的小貓在肚子裡翻滾。她從廢棄的洞穴跑開。

松鼠飛之後沒有再發表什麼意見，葉池感激她姊姊的沉默。她無法解釋這種奇怪的感覺，激烈的情緒不斷攀升，她知道這是小貓要出生的前兆。她的本能裡有一股衝動，強烈得使她必須對抗。

愈靠近湖邊的樹木長得愈細長，葉池瞥見空曠的草地上，有一整排兩腳獸的營地。兩隻貓走到狹路盡頭，只見崖邊的河流湍急，松鼠飛站在岸邊停了下來。

「我想妳跳不過去？」她喵聲問。

葉池搖了搖頭，喘不過氣來。

松鼠飛瞇起眼睛。「妳無法再走得更遠了。來吧，我們去森林的深處，尋找過夜的地方。」她轉身帶頭沿著溪流行走。

樹木環繞四周，鳥類和沙沙的獵物聲都銷聲匿跡，葉池覺得她們是森林裡唯一的活物。開始下起雨，一開始的毛毛雨變成傾盆大雨，將貓的皮毛打溼成落湯雞。葉池止不住地顫抖，牙齒打顫的聲響與四周飛濺的雨滴聲不相上下。

突然松鼠飛停止動作，有一股香味瀰漫在空氣中。

「我聞到兔子了，」她宣布。她轉向，離開河流的邊緣，跳進了蕨類植物叢。「跟我來，葉池，」她轉頭叫她。「我不會離妳太遠！」

葉池太累了，不舒服使她無力辯駁。她在她姊姊身後，邊跌跌撞撞邊嗅聞她微弱的氣味。她們步出糾結的蕨類植物叢時看到一個有洞的沙地。

兔子的洞穴！

葉池看到松鼠飛正在舔舔嘴唇，準備狩獵。

但這裡還有另一種的氣味，比兔子味道還濃厚，在雨中忽隱忽現。不是兔子，似乎是……

「是狐狸！」松鼠飛倒抽一口氣，繞著圈打轉。「快，我們快離開這裡！」一切都太遲了。她們面前的草叢劇烈搖晃，草叢被撥開，露出的——不是狐狸，但明顯是獾的條紋臉，小眼睛閃閃發光，下頜分開，露出黃色牙齒，還流著口水。牠看到貓的時候大聲咆哮。

松鼠飛跳到葉池面前。「等等牠攻擊我的話，妳趁機快跑！」她嘶聲說道。

葉池蹲伏下來，準備逃走。她的小貓在她的腹側蠕動，想必他們是感覺到她的恐懼。葉池覺得她湧升更多對孩子的愛意，她鬆鬆腳掌。

她怒視著獾，憤怒使她緊縮口鼻。如果她無法順利離開，那麼她會留下來戰鬥。獾絕對無法傷她一絲一毫。

我絕不會讓你傷害我的小貓！

第八章

獾低頭向前跨了一步，似乎準備行動。突然有一聲凶猛的咆哮從葉池背後傳來，她環視四周，看到一隻巨大的紅狐狸就站在附近的洞穴，一身怒氣。

一瞬間，被狐狸和獾包夾，葉池等著被雙方撕裂。然後有一股惡臭布滿空氣，狐狸飛躍過她的頭，對著黑白入侵者發動攻擊。

松鼠飛使勁地將葉池拖曳到離她們最近的洞穴。四周，地面震動，沙石從牆壁震落，這兩隻動物還在外面。母貓們爬入洞穴深處，蜷縮在牆角，眼神充滿恐懼，沉默得大氣都不敢喘一下。

最後她們聽到狐狸勝利的聲響，以及獾笨重離開的聲音。葉池準備站起來但松鼠飛阻止了她。

「等等，」她發出小小的噓聲。「我們在黑暗中無法找到藏身處，外面還在下雨。這裡很乾燥，而且隧道狹窄，狐狸應該無法進到裡面抓我們。我認為我們應該在這裡過夜。」

葉池帶著驚慌的眼神看向她的姊姊。在一個狐狸洞穴旁睡覺？松鼠飛失去理智了嗎？然而她在她姊姊的眼神中看到了疲憊，知道松鼠飛已累到無法再行走。

洞穴內飄進一股血腥的氣味，她猜想，狐狸被傷得很重，希望這樣牠能打消念頭，不再對貓感興趣。「好吧，」她喵聲說，再次躺下。「讓我們休息一下。」

松鼠飛幾乎立即睡著了，並開始輕輕打鼾。外面還聽得到微微的雨聲。小貓在葉池的肚子裡醒來，滾動和摔跤，更換位置，接著又因剛剛的長途跋涉而睡去。肚子愈來愈沉重，葉池用她的腳掌托住腹部。如果她留在這裡，因為抽搐而輾轉難眠，可能會打擾到松鼠飛。寒冷的微風吹進地道，葉池不願意往外走。相反的，她仔細用鬍鬚測試牆面距離，走入隧道的更深處。

微弱的月光從她前面的洞頂照射下來，一道銀色的光芒照落在沙子上。葉池攀爬前行，發現眼前是一個更大的洞穴。濃厚的狐狸氣味使她想快點逃到外面呼吸，但她鎮定下來，在暗光下凝視。

大狐狸在這裡，雖然充斥鮮血和憤怒的氣味，但看起來準備要睡了。牠的身側蜷縮著三個幼崽，每隻都是不大不小的小狐狸。儘管牠有傷口，母狐狸還是將孩子靠攏在牠的肚子邊，牠看著其中一個孩子，伸出手掌，將牠撥回牠溫暖的毛皮上。

葉池感受到一股喜悅，這種奇怪的感覺在她內心快速膨脹。我知道這隻狐狸的感覺。即使是睡著了，她仍然是他們的母親。

很快的，我將有我自己的孩子，我的生活是保護他們，我的心每一次跳動都充滿了愛。她又看了一眼母狐狸，這次目光是欽佩和羨慕，葉池轉過身來，躡手躡腳地回到她姊姊的身邊。

⚡⚡⚡

「葉池，醒醒！外面有光。我們應該在狐狸嗅到我們的氣味以前離開。」松鼠飛用她的腳掌搖搖葉池。

葉池翻滾一下，睜開了眼睛。在她的小貓終於安靜時，她才睡著，還夢見溫柔的狐狸以及奶香味的窩。

松鼠飛跳到她的身邊。「怎麼了？」

葉池保持平衡並深吸了一口氣。「我覺得今天小貓會出生。」她喵聲說。

她等待她的姊姊露出無助的模樣，但松鼠飛看起來卻平靜和堅定。「好。嗯，妳不能讓他們在這裡！我們需要讓妳盡可能遠離這個狐狸洞，找到一個藏身處。」她幫助葉池離開沙質隧道，外面寒冷，空氣清晰。雨剛停，森林除了樹葉上滴落的水聲，整個很安靜。

葉池聽到松鼠飛的肚子飢餓得隆隆作響，但她鬆了一口氣，她的姊姊認為不該停止狩獵。葉池不覺得她有力氣再吃食物，她只想找一個安全的地方生孩子。松鼠飛嗅了嗅一叢蕨類植物，然後把頭鑽入檢查。

「在這裡，它看起來很乾。」她說道，她的聲音被悶住一樣。

「如果不會再下雨。」葉池回答道。她錯身而入，坐下時差點讓荊棘勾破她的皮毛。

「灌木叢下面怎麼樣？」松鼠飛一邊建議，一邊幫助葉池脫離多刺的草叢。

「妳想要我的小貓全身都是荊棘嗎？」葉池喵聲說。

松鼠飛什麼也沒說，繼續往旁邊走。「那棵倒下的樹旁邊如何？」她用尾巴尖指向倒在一旁的橡樹。

葉池皺皺鼻子。「它聞起來很糟。」她想告訴松鼠飛她的肚子彷彿要炸開，然後痙攣的疼痛使她跌跌撞撞地停下腳步，抓住肚子。「哦！我想他們要出來了！」

在此刻，松鼠飛壓住她。「還不行，葉池！我們必須找到安全的地方。」

葉池抬起頭，看見一個粗糙的樹在他們面前，古老而又扭曲，她不知道這是一棵橡樹還是一棵榆樹。它似乎是個枯樹，上面布滿常春藤，順著攀行的常春藤可以看見枯樹若隱若現的高度，樹木在很久以前遭遇雷擊，內部已經中空。這棵樹有一股力量牽引著她，彷彿它已經伸長手抓住她的頸背。

「就是這個地方，」她低聲說，另一波痛苦又湧現，影響了她。「我的小貓即將要在這裡出生了。」

第九章

葉池被拖進了樹洞，松鼠飛無視她的呻吟將她放倒在樹葉堆。

葉池能感覺到松鼠飛就在她身邊，尋找更多的乾落葉鋪在她身下，並用一束溼苔蘚放在她頭上。葉池覺得整個世界已經縮減成她身體大小一般，那個世界，充滿了鮮紅的疼痛和悸動的恐懼。她的尾巴下方有一陣不適感，葉池驚慌地尖叫起來。

「告訴我，我應該做什麼！」松鼠飛舔舔葉池的耳朵。「我可以看到一隻小貓要出來了！」

葉池狠狠咬住牙齒，面對下一波難受的疼痛降臨。「等到他出來的時候，你會看到他身上有一層胎膜，撕開胎膜。然後把他帶到我前面，我可以幫忙舔乾淨。」她再次發出一聲尖叫，肚子感受一波又一波的尖銳刺痛感。此時她抬起頭，看到一個溼滑黏稠的圓胎滾到樹葉上。伴隨著葉池的哀號聲，松鼠飛拖著透明的囊，將胎囊同時咬開一個洞，讓小貓露出頭。

松鼠飛將小貓咬到葉池腹部邊，葉池捲曲身體包覆著小貓。因為這個美麗的、完美的小貓，她的世界突然變得寬廣。她開始舔舐小貓的皮毛，好好清理乾淨，她能感覺有一張小嘴銜住她。然後又是一陣痙攣折磨她，使她身體不斷扭動，這次疼痛的感覺比前一次還強。她等待痛苦消失，小貓能順利出生，但腹部的緊縮仍然持續不斷。伴隨著痛苦，葉池感覺開始恐慌。

一定是哪裡出了問題！

「我可以看到另一隻小貓了！」松鼠飛叫道。「但他不動了！妳要用力！」

葉池幾乎喘不過氣。她試圖用她的腳掌按壓她的腹部，用她之前在育兒室從貓后身上學到的方法。但她的腿非常無力。她認為自己需要松鼠飛的幫忙，請她幫忙推壓自己的腳掌，但松鼠飛沒有受過這個訓練。而她連告訴她的姊姊該怎麼做的力氣都沒有了。黑暗陰影圍繞著她，她覺得自己的力氣逐漸消散。她知道如果小貓卡住了，母貓也會死亡。

救救我，星族……

然後，她周圍的空氣有一陣晃動，一個新的、熟悉的氣味布滿樹洞。葉池感受到有一雙強而有力的爪子按住她的側腹，接著裡面的小貓開始顫動。她睜開眼睛，看見一隻星光點點的貓，那模糊的輪廓、灰色的老口鼻。**黃牙！**

松鼠飛站在葉池旁邊，瞠目結舌。

「不要再發呆，快點幫忙，」黃牙命令道，她的聲音聽起來像穿梭在星星之間的微風。「給葉池一些水，然後擦拭她的身體，這樣可以帶給這隻小貓一些溫暖。」

松鼠飛滾動苔蘚球接近葉池，這樣可以方便她飲用，接著對她肚子旁邊的小形狀施壓，直到小貓發出「吱吱」的響聲。葉池感覺到黃牙拿了一根棍子放在她的牙齒之間。

「這會很痛，」老貓哼了一聲。她全身用力靠在葉池腹部上，葉池發出一陣尖叫以示抗議。

「妳要有信心。」黃牙發出一陣噓聲。

伴隨一次扭動，一隻小貓出生了，那是一隻有著寬闊肩膀的巨大虎斑貓，他發出一聲震耳欲聾的吼叫。松鼠飛幫忙褪去黑色胎膜，葉池難以置信地看著這隻公貓。**我的兒子！**葉池的頭偏倒在落葉堆上，她能感覺到他開始吸吮。她以前從來沒有像這次這麼疲憊。猶如經歷了一次翻天覆地，現在她只想好好睡上一個月。

但黃牙再次搖醒她。「不可以睡著，葉池，」她嘶啞地說，「妳還有一隻小貓還沒出生。」

「我不行了，」累到無法睜開雙眼的葉池嗚咽地哭了。「我的身體還不夠強壯。」

「妳還可以繼續，」松鼠飛告訴她，琥珀色的眼睛在黑暗中如同閃爍的火花。「來吧！」她支撐起葉池，將她的頭靠在自己的肩膀，然後圈住葉池的身體。

葉池的身體產生一陣陣痙攣。這次小貓很輕易地滑溜出來，那是一隻蒼白的灰色虎斑貓，身材比同窩的手足還小。

「另一隻公貓，」黃牙宣布，她很有效率地褪去胎膜，發出歡樂的呼嚕聲，將小貓放到葉池的腹部旁。「兩個兒子和一個女兒。恭喜你，葉池。」她的聲音中充滿溫暖，葉池看到老貓的雙眼閃閃發光。

「謝謝妳。」她低聲說。她彎下腰靠近她的小貓，開始舔舐皮毛的黏液。

樹洞上方傳來聲音，她聽到黃牙提醒松鼠飛，她們都需要休息一下，然後松鼠飛再去狩獵，取更多的水。「等小貓的眼睛完全睜開以後，再換妳住進樹洞裡，」她喵聲說，接著一個停頓，「**如果**妳願意的話……」

葉池陷入寂靜的睡眠，她想她可以永遠停留在這個樹洞。對我來說，在這個樹洞中，**有了世界上最重要的東西**。

當她醒過來，聞到一個美味的食物就在她的鼻子邊。她眨眨眼，睜大雙眼，看到松鼠飛將一隻鼩鼱推向她。「妳有兩天沒吃東西了，」她的姊姊喵聲說。「來吧，和我共享這個美食。」

葉池半坐起身，意識到她的腹部裡沒有任何東西。她低下頭，看見她的三隻小貓緊緊地蜷縮在她身邊，一副昏昏欲睡的模樣。

她的內心充滿了愛，激烈的更甚她以往的感覺。

我願意為你們而死，她心想。

樹洞內有點寒冷，還有一道奇怪的白光穿透過狹窄的入口。葉池伸長脖頸，看到厚厚的雪花從天上降下，落在森林的地面上。

「下雪了！」松鼠飛喵聲說。「這樣會讓狩獵變得更加困難，不過好處是方便隱藏自己的氣味。」她看著葉池開始食用鼩鼱。

黑色小母貓睡翻了，當她感覺到冷空氣時開始啜泣。葉池立刻停止進食，輕輕把她的女兒塞回她肚子的皮毛附近。

「看到了嗎？」松鼠飛發出一聲呼嚕。「妳知道妳該做些什麼事！我就知道妳會是一個出色的母親。」

有一個悲傷的聲音環繞在四周，葉池回憶起黃牙的預言，松鼠飛永遠不會有自己的小貓了。她感覺到一股刺痛的內疚，她曾經懷疑這些小貓是否應該出生。如同蕨毛所說，小貓都是珍貴的。**感謝祢們，星族**，她低聲說。

松鼠飛將她的身體蜷縮在葉池旁，擋住入口處的寒冷空氣。姊姊溫暖的氣息纏繞在葉池脖子四周，她們一起進入夢鄉。

空氣有些微的變化，葉池睜開她的眼睛。外面的森林依然寂靜，雪還在飄落。她可以聽到小貓微弱的呼吸聲，他們一動也不動地靠在她的肚子上，旁邊傳來松鼠飛一陣陣的鼾聲。還有一些……

一道閃耀的輪廓伴隨著星光點點，一雙溫暖的眼睛顯現在陰影之中，葉池仔細嗅聞，這個氣味已經很久沒出現了。這次不是黃牙。

是羽尾！

蒼白的銀色母貓走向前，低頭看著這些小貓。呼嚕聲在整個樹洞內隆隆作響，松鼠飛醒了過來。

葉池發現姊姊嚇得僵硬不動。

「羽尾！」松鼠飛驚訝地倒吸一口氣。她伸出手掌，試圖對星光的身影打招呼，高興得捲曲尾巴。「我從沒想過我會在這裡見到妳！妳是來看葉池的小貓嗎？他們是不是很神奇呢？」

松鼠飛站起身，來到葉池身邊坐下。她很溫柔地將小貓一隻一隻排開。「一隻黑色母貓和兩隻公貓，這隻是金色虎斑貓而這隻是灰貓。我一生中從未見過比他們更漂亮的孩子。」她沙啞地說。

羽尾的藍眼睛洋溢著愛。「他們很完美。鴉羽會感到驕傲的。」

葉池大吃一驚，她還記得羽尾的伴侶曾經是鴉羽。那是當時他們一起前往殺無盡部落時發生的事，鴉羽應該知道他已經是一個父親嗎？羽尾彷彿知道葉池在想什麼，搖了搖頭。

「這些貓比妳認為的珍貴，」她溫柔地喵聲說。「這幾隻貓會影響未來無數個季節。他們必須留在雷族，為了所有的貓族，他們會有一對以他們為榮的父母，他們能幫助族貓，使之茁壯，成為最忠誠的戰士。」

葉池想開口抗議，這是不可能的，她的族貓永遠不會接受鴉羽作為孩子的父親，甚至也可能會驅離她。大家都知道戰士守則裡對巫醫的規範。

此時羽尾看著松鼠飛。

「我知道葉池有多喜歡這幾隻小貓，」她低聲說道。「但妳一定得是他們的母親，他們將會使你在雷族驕傲得不得了。」

松鼠飛盯著星光點點的母貓。「妳怎麼能這樣做呢？」她低聲說。「妳是要我對我所愛的每一隻貓撒謊。」

羽尾的腳掌輕柔地撫過正在熟睡的小貓們。「因為我比妳們更愛這些小貓。他們是鴉羽的孩子……為什麼我不能這麼做？我比任何貓更希望他們擁有最好的生活，而非一生帶著羞愧，被放逐於部族之外。」

「妳希望他們是你的小貓嗎？」松鼠飛低聲問。

銀色的貓沒有抬頭，只是眨了眨眼睛。「這是絕不可能發生的事。這些小貓的命運已開始轉動，妳有能力去改變這一切，松鼠飛。請相信我，葉池的小貓必須留在雷族。」

她的身影開始漸漸消失，直到樹洞內的樹皮已經可以從她的身後透出。松鼠飛盯著葉池，可以看見巫醫的眼睛泛著淚光，一閃一閃地直視自己的姊姊。

「羽尾是對的，」松鼠飛低聲說。「我喜歡這些小貓，我想盡己所能讓他們擁有最好的生活——不管未來他們會怎麼發展。」她深吸了一口氣。「我會把他們視如己出，同時也讓棘爪這麼做，讓他們真正成為雷族貓。」

葉池沉痛地閉上雙眼。**這個選擇對我的孩子來說是最好的**，她告訴自己。「謝謝妳。」她低聲說道。

那一剎那，金色虎斑貓扭動身體，開始發出如同歡呼的聲音。葉池將他推往她的腹部準備哺乳，但他似乎並不感興趣，只是想試試吼叫的聲音。他的姊姊發出嘰嘰喳喳聲，往葉池毛皮的深處鑽入，而淺灰色公貓抬起頭，眼睛依然緊緊閉著，似乎試圖尋找出雜音來自何方。

「我想可以為他們命名了，」葉池發出一聲呼嚕，驚嘆這些小貓咪已經看起來是如此不同，如此強大和充滿活力。她研究了金色公貓。脖子上布滿了厚厚的絨毛，嘴巴張開時會露出潔白的尖銳牙齒。「他看起來像一隻獅子！」她解釋道。「我認為可以將他取名為小獅。」

松鼠飛點點頭。「這隻母貓的毛皮和冬青樹皮一樣黑。也許叫她小冬青？」

葉池很猶豫。**我的女兒是長得很像鴉羽。她應不應該用她父親的名字命名，即使他不知道真相？**

她的姊姊在身邊看著她。「葉池，」她喵聲叫，外面的雪花輕輕飄飄地降落著。「我對大家說這是我的孩子。所以我應該有權利為他們命名吧？」

葉池的腹部感覺到一陣陣尖銳的疼痛。

我珍貴的孩子！

幾朵雪花飄入樹洞內，染溼了小獅的皮毛。葉池的身體有一股可以為小貓做任何戰鬥的衝動，保護他們免受雪、雨、冰雹、獾、狐狸、任何可能會造成他們皮毛有一絲傷害的威脅。然而羽尾的氣味在她四周繚繞，她知道他們已經選擇的道路。無論她怎麼想，儘管未來會有些遺憾，唯一重要的是為這三個完美孩子創造最好的生活。

松鼠飛將她的口鼻靠在葉池的肩膀上。「雷族需要妳成為大家的巫醫，」她喵聲說。「我會把這些小貓當作我自己的小貓來愛。我已經準備好這樣做了！我永遠也不會讓他們離開部族，妳時時刻刻都可以好好的關注他們，他們會知道妳是我的手足，所以他們會時常接觸妳。記得羽尾說的：這些小貓值得讓父母以他們為榮，他們可以成為部族裡最忠誠的戰士。棘爪和我都會這樣做。即使我死也不會透露他們出生的祕密，我向妳保證。」

但我是他們的母親！

葉池忍不住默默流下眼淚。她的內心很清楚明白，松鼠飛是對的。她不能光明正大的擁有這幾隻小貓，不能讓他們知道他們的母親是一名巫醫，而他們的父親是一名風族戰士，而且似乎已經找到了一個新的伴侶。

「小冬青是一個很好的名字。」她麻木地喵聲說。

第十章

日出的光芒穿透雪光薄霧。小貓增長的速度超出葉池想像，幾乎在一夜之間，原本居住的樹洞似乎顯得太小。

五天過後，她和松鼠飛帶著小貓走出樹洞。他們的細腿踩進厚厚的積雪中，只露出一條小尾巴。小獅和小冬青的眼睛已經完全睜開，黃色眼珠和綠色眼珠——彷彿新葉季的溫暖與安定，雪不會永遠一直下著。

最小的那隻小貓仍然沒有取名字，他的眼睛微閉。當葉池站在雪堆中想去捕魚給他，發現他正在眨眼睛，葉池被亮藍色的閃光弄得眼花撩亂。

「好像松鴉的翅膀！」她氣喘吁吁地說。

松鼠飛腹部的皮毛堆滿了雪，她越過邊界，同時低頭看著公貓。「那我們應該叫他小松鴉，妳覺得呢？」

葉池點點頭。**有一天你會叫松鴉羽，和你的父親有個相似的名字。**

小松鴉在雪堆中奔跑一圈，回到原點後踉蹌前行。松鼠飛被她逗樂得發出呼嚕聲。「你現在可以看清楚了，把你的眼睛睜開。」她打趣道。

小獅和小松鴉發出嘰嘰喳喳的叫聲，搖搖擺擺地往聲音的來源走去。葉池繞著女兒環顧一圈，她剛剛被一片葉子絆倒，現在正用她的小牙齒磨蹭葉子邊緣。

「來吧，好鬥的小戰士，」葉池叫喚道，「回到窩穴暖暖你們的身體。」

小貓們只讓葉池幫忙舔乾淨皮毛後，就迫不急待地離開窩，開始探索樹的內部。小獅發現乾燥的苔蘚，是他們從出生開始就一直在飲用的那束苔蘚，他的喉嚨滾動，發出憤怒的咆哮。小冬青偏頭看了一會兒，接著小跑步加入玩耍行列。被咬碎的乾苔蘚滿天飛，因為小貓們把它當作是獵物一樣扭打。

葉池注意到小松鴉在窩內緩慢前行。突然，他踩在一片溼葉上因而滑倒，鼻子撞在樹皮上。葉池正準備出聲安慰他，但小貓只是站起身甩甩頭，然後改變方向，朝苔蘚遊戲的位置走去。

小冬青停止遊戲，坐下來將苔蘚繼續弄得粉碎，再把它揉成一顆球。那些苔蘚已經所剩不多，小獅用他的牙齒繼續磨蹭。

葉池覺得她有滿滿的母愛，可以獻給勇敢強壯的兒子、溫柔體貼的女兒。但她內心深處對於最小的兒子有種異樣的感覺，對比他的手足他看起來更脆弱。

半個月過去了。雪開始融化，母貓們沐浴在一個意想不到且充滿陽光的樹洞裡。在她們面前，小獅和小冬青、小松鴉正在將蕨草葉堆成一堆，然後準備高高一躍，跳入綠色的草堆中。

「我可以跳得最高！看我的！」小獅喵聲說。他強壯的前腿往空中伸展，接著跳入了蕨草葉堆。

「還有我！」小松鴉吱吱叫道。當他跳進草堆，發出低沉的歡呼聲，正好落在他的兄弟身上，還拚命的扭動身體。

「小松鴉，小心點！」小冬青提醒道。她發出一陣歡樂的呼嚕聲。「你這樣有點蠢！」

兩隻小公貓從蕨草堆中爬了出來，全身布滿碎蕨草尖。

「我想我們都看到兩隻會飛的刺蝟了。」松鼠飛開玩笑道，「過來，你們兩個，讓我好好清理你們。」

小獅不理她。「太好玩了！我們再玩一次！」他迅速跑向草叢。

「等我啦！」小松鴉哀叫道。

葉池搖了搖頭。「他們也太精神旺盛了！」她喊道。

「他們正在長大呢。」松鼠飛也表示同意。

安靜了一會兒，葉池覺得整個森林都靜止了。

「妳知道我們應該帶他們回去了。」松鼠飛喵聲說。

葉池閉上了雙眼。「真希望我們不用回去，」她低聲說。「他們在這裡過得這麼開心。」

「我知道。但是我們沒有選擇。如果我們繼續留在這裡了，小貓們可能會記得太多……」

葉池開始盯著小貓們看，好像她永遠再也無法見到他們。**他們會記住此時此刻嗎？**她好想知道。**他們的內心深處是否會查覺真相？**她知道松鼠飛會愛他們，但棘爪呢？除了棘爪，還有虎星，**他知道這些小貓的誕生嗎？**葉池充滿憂慮地看著小獅。**虎星會將他帶進黑暗森林嗎？**

突然，有一聲哀號，葉池注意到已經看不見小松鴉的身影。小獅和小冬青正站在草叢上，他們背對著母貓低頭往下看。

「小松鴉掉進一個洞了！」小獅叫道，「我覺得他卡在裡面。」

「小松鴉是鼠腦袋！」小冬青喵聲說。

「噓。」葉池斥責道，並同時跳躍上去檢查。看不見灰色小貓的身影，洞裡充斥著被暴風雨吹斷的樹苗，它覆蓋一層層土壤，從褐土裡勉強可見一隻尖耳朵。

「救命！」他大聲哭叫道。

葉池保持平衡，將她的前掌撥開鬆散的土壤，半身探進洞裡。「撐著點，小松鴉。」她氣喘吁吁地說。

她覺得她的口鼻已經碰觸到柔軟皮毛，接著用她的牙齒咬住他的後頸，同時用雙掌抱住，一個用力後退，她用全身的力量將他拖出洞。

小松鴉蹲下來，抖抖身上的皮毛，讓沙土滿天飛。他抬起頭望著葉池，眼睛像天空般清澈。「謝謝妳救了我！」他高興叫道。「這是一次非常厲害的冒險，不是嗎？」

「沒錯。」葉池忍不住稱讚。她看著兒子的眼睛。雙眼是如此美麗，但……

她轉頭往後看。「那邊有一片很大的葉子，小松鴉，」她喵聲說。「可以請你幫我拿嗎？

我需要用它來清理我滿身的泥土。」

「我幫妳拿！」小冬青立即行動，從草叢跳下。

「這很簡單，小松鴉可以幫忙。」葉池喵聲說。她看著她的兒子小跑離開她身邊，他停頓了一下，手掌碰觸到一片乾枯葉子的邊緣。

「是這一個嗎？」他叫道。

「只要是最大片的葉子就可以了，謝謝你！」葉池跟他說。

小松鴉蹲低，壓低他的口鼻，並且在抓到葉子時用鬍鬚確認葉片的大小。接著他將葉子拋到一邊，然後又做了一次同樣的動作。他發出滿意的呼嚕聲，拿起第二次找到的葉子，走回到葉池身邊時幾乎又要絆倒一次。

「謝謝你，小傢伙，」葉池稱讚他。「這個能幫助我清理乾淨。」她看著他快步跑回到自己的手足旁邊。

「妳在做什麼？」松鼠飛問道。「妳在為他做見習生訓練嗎？」

葉池搖了搖頭。「他沒有選擇最大片的葉子，」她低聲說道。「妳有看到他停下來的時候，幾乎要坐到葉子了嗎？還有他用鬍鬚來判斷葉片的大小？」

松鼠飛好奇地看著她。「我是不是沒有注意到什麼？」

葉池深吸了一口氣。「我認為小松鴉的眼睛是盲的。」

「瞎了？妳確定嗎？」

葉池點點頭。松鼠飛盯著灰色小貓，他正在和小獅扭打玩樂，咆哮的聲音像一頭幼小的獾。小獅轉身用腳掌輕輕拍他。

「可憐的小東西，」松鼠飛低聲說道。「那他該怎麼過日子呢？」

「這還用說嗎，當然是和他的手足過一樣的日子。」葉池厲聲回應。

松鼠飛的眼神充滿困惑。「但是瞎眼的貓是不能成為戰士的！長尾自從失明了以後就加入長老窩。有哪個部族能接受一隻看不見的貓呢？」

「對小松鴉來說，他能生存的地方對待小貓是一視同仁。」葉池發出噓聲。「即使妳不願意這麼做，我保證會做到這點。看看他！他根本不知道他自己有什麼不同！」

兩隻母貓看著三隻小貓在潮溼的草地上翻滾。當小松鴉滾到太靠近一片荊棘叢時，小冬青提醒他遠離那邊，並朝他的尾巴打了一下，小松鴉發出一聲尖叫。

「他的手足已經知道該如何照顧他。」葉池指出。她的心隱隱作痛。

勇敢，我的小兒子。我將永遠陪伴在你旁邊，我保證。

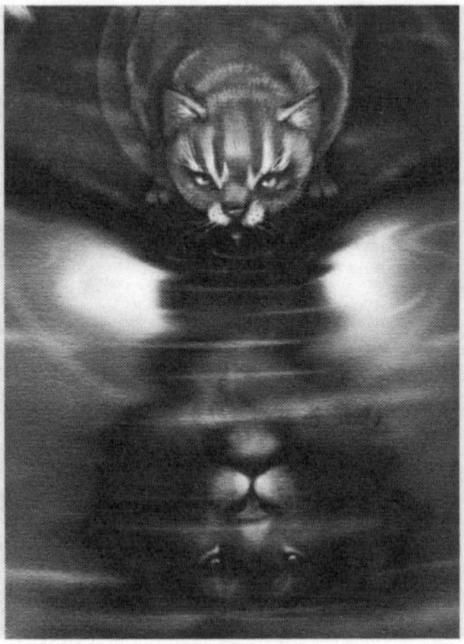

第十一章

他們在下一次的日出時，離開了樹洞。整個世界寒冷且沉靜，但飄下的雪仍堆積在樹林最密集的森林區。小貓一開始充滿了熱情，但很快就感到疲累。他們粗短的腿陷入雪堆裡，皮毛變得溼重。

葉池感覺到精疲力竭，滿滿的母乳使她不舒服，她的腹部依然刺痛。松鼠飛忙著從另一端衝到另一端，小貓們被厚沉的雪堆卡住，小松鴉也因此拒絕再走路，一屁股坐在雪堆上。

直到中午，葉池發現有生長蕨類植物的區域，足夠遮蔽，她命令小貓們休息。松鼠飛衝進灌木叢裡尋找獵物。小冬青和小松鴉依偎在葉池的肚子上取暖，同時吸吮母奶。只有小獅身體坐得筆直，他太陽色的眼睛充滿著好奇。

「我們要去哪裡？」他喵聲問。

「雷族生活的地方，」葉池告訴他。「那裡有一個很大的洞穴可以作為溫暖的窩穴，還有很多空地能讓你玩耍。那裡會有很多的貓，和一個很大的湖，可以用來冷卻你發燙的爪子。」

在一瞬間，小獅的表情充滿懷疑。「但是我喜歡住在樹洞裡。」

「我知道你很喜歡。但是你會愈長愈大，無法永遠待在那裡面！你是一隻雷族貓，小獅，你需要融入你的族貓。」

「他們會喜歡我嗎？」

「他們會很愛你。」葉池發出一聲呼嚕。

松鼠飛帶回一隻骨瘦如柴的田鼠，她和葉池一起共用。當她們吃到最後僅剩骨頭時，葉池輕輕將小貓們從她身上拉開。「好了，小傢伙。時間到了。」

「我不想走了啦，」小松鴉哀哭道。「我的腳掌受傷了！」

「爬上我的肩膀吧，」松鼠飛喵聲說，她蹲伏下來，這樣能方便小松鴉攀爬。「我帶你走一下。」

「這不公平！」小冬青咕噥道。「小松鴉只是看不到，但這不代表他的腿可以不用走路啊！」

「但他的腿比我們的腿還短，」小獅表達他的看法，接著他看向毛茸茸的腳掌。「我們比他更適合在雪地裡行動。我們來比賽跑到那棵樹，小冬青！」

葉池看著她的兒子和女兒蹦蹦跳跳，他們的腳掌在奔跑時濺出許多的雪塊。**他們的感情如此要好，我三個美麗的孩子。只要他們擁有彼此，他們都能好好生存下去。**

他們沿著更斜的陡坡行走，直到可以看見一片草原延伸到湖邊，接著轉身往山脊上的雷族邊界走去。白雪都融化了，三隻小貓到處奔跑，嗅聞各種氣味。

「我們很快就能越過邊界了。」松鼠飛喵聲說。

葉池點點頭。恐懼使她感覺好像生病一樣。再過一小步，一切將會改變，她將會回到巫醫的生活……即使她剛剛才成為一位母親。她放慢腳步，感覺她的四肢和石頭一樣沉重。松鼠飛跟上她的腳步，用尾巴輕輕地撫摸葉池的背。

小獅爬到一棵橫倒的樹木上。「我從這裡可以看見湖耶！」他大吼大叫。「這個世界真的好大喔！」

「我也要看看！」小冬青氣喘吁吁，試圖也想爬上去。她用爪子努力抓耙，卻碰到小獅，使他失去平衡，從樹幹上掉了下來。

葉池正準備跑向他時，突然停下動作。她看向松鼠飛。「妳過去吧，」她喵聲說。「他們需要學習，妳是他們的母親。」這句話卡在她的喉嚨裡，也彷彿四周的樹木失去色彩。

松鼠飛的目光很溫暖，充滿了悲傷。「妳確定嗎？」她平靜地問道。「我知道我們都同意這件事，但妳仍然可以改變妳的想法。我將會盡我一切所能來幫助妳，不管妳做了什麼決定。」

好一陣子，葉池將身體依靠在姊姊的肩膀。**我希望一切都能不同！我的小貓，我很抱歉！**

接著她挺直身體。「我敢肯定。這對他們有所幫助。我愛他們勝過我的生命。」

「我也會這麼做。」松鼠飛承諾道。

葉池擠出一些母乳，將它沾染在松鼠飛的皮毛上，然後看著她的姊姊一路小跑到樹幹邊，確定小獅的情況。

他安然無恙，只是在另一邊憤怒咆叫。松鼠飛清掉小獅身上的那些糾結的蕨類，小松鴉和小冬青圍繞在她身邊。

「妳能幫我們爬上去嗎？」他們都喵聲叫道。「我們都想看到湖！」

松鼠飛用她的尾巴將他們捲攏在一起。「當然可以，我的寶貝，」她發出一聲呼嚕。「僅此一次，下不為例！」

葉池強迫自己轉過身走進灌木叢。她需要找到一些草藥，讓母乳銳減。有一片野生歐芹就在邊界附近。她邊仔細嗅聞邊穿越蕨草叢，她發現結霜成團的植物和樹葉。她吃了一些，辛辣味不足，她將剩下的藥草全部收攏帶回去。**我是雷族巫醫**，她告訴自己。**我的姊姊已經有三隻小貓，我應該感到欣慰。**

他們路過邊界附近的一個隧道入口，開始朝空地走下去。小冬青停在隧道口，向裡面張望，她的皮毛被寒冷的風吹得平整。

「離那邊遠一點！」松鼠飛警告道。「這裡面對貓來說很不安全。」

小獅揉捏他的鼻子。「誰敢進去？裡面黑漆漆的好像很可怕！」

小松鴉嗅聞到一叢苔蘚。「我聞到其他貓！」他吱喳叫喊。

「沒錯，小傢伙，」松鼠飛喵聲說。「那是你族貓的氣味。」

小冬青跑向松鼠飛，對著她的肚子看。「我餓了！貓奶怎麼都不見了？妳身上還有貓奶味，但是我沒看到貓奶了！」

葉池看著松鼠飛用尾巴輕輕撫摸小冬青。「對不起，孩子。我的貓奶沒了，但還有一隻可愛的貓叫黛西，她身上應該還有。」

小冬青撅著嘴。「但是我只想要喝妳的奶！」

葉池的肚子一陣疼痛，更甚於她生產小貓的痛。她看著松鼠飛帶領他們走向營地的路愈來愈狹窄。她不能冒險拿出貓奶來哺乳他們，必須要堅持下去。當她注意到一棵樹的樹根上方堆滿了雪，她停了下來，然後在上面滾動，試著除去母奶的氣味。然後她拿一片潮溼的蕨類植物擦拭在她的皮毛上，用更加鮮明的綠草味道偽裝。

在不遠處，她能聽到松鼠飛告訴小貓們關於雷族的事，還有他們將如何成長為一名偉大的戰士，身體強壯、擅長狩獵和戰鬥。

「我知道該怎麼戰鬥！」小獅吹噓道。「看我的！」他猛烈地來來回回跑向看見的一根樹枝，結果因為跑得跌跌撞撞以至於一根樹枝戳到他的眼睛。

「來吧，小戰士，」松鼠飛喵聲說。「讓我們看看是否還能把你好好的帶回去！」

「妳為什麼不跟我們一起走？」葉池旁邊出現微弱的聲音。

她嚇了一跳，低頭看著小松鴉耀眼的藍眼睛。「我……我必須取一些草藥，」她邊解釋邊把葉草包在地上。「我是巫醫，你看。」

小松鴉偏頭問：「妳不是也在樹洞嗎？」

「你說的沒錯。我是你母親的妹妹。我照顧她，幫忙讓她生下了你。」

「那她為什麼不待在部族生下我們就好？」小松鴉又問。

葉池的心臟開始跳動得很快。「因為我們一起去旅行，」她喵聲說。「你們是意外的驚喜。而我的責任是當族貓生病或遇到麻煩時，由我負責照顧大家。我很幸運能在那裡照顧你的母親。」

小松鴉眨眨美麗的眼睛。「所以這代表妳能幫我復原眼睛嗎？」他喵聲問。「小冬青和小獅都可以看見東西，我知道這件事。我猜妳和我的母親也可以。為什麼我不行？」

葉池感覺到她心被撕裂了。「我不知道，」她低聲說。「我很抱歉。我不能讓你的眼睛恢復。如果我能做到的話我會去做，我向你保證。」

小松鴉聳聳他的小肩膀。「好吧。」他吱喳說。他轉過身，跑下斜坡，跟隨他手足的步伐。當他走到小冬青身邊時抓住她的尾巴，小冬青哀哀叫著。

眼前出現了荊棘屏障。松鼠飛猶豫了一下，葉池看見她正在深呼吸。葉池曾向她姊姊確認，面對她最近選擇的伴侶，她必須終生欺騙他。

我知道這些小貓是值得的！必須記得羽尾所說，他們的命運將會影響未來的所有部族。

松鼠飛低頭看著在她身邊的小貓們。「你們準備好見見你的族貓了嗎？」她問道。「還有你們的父親？」

三個小腦袋用力地點頭。

「我什麼時候可以成為一名戰士？」小獅吱喳問道。

松鼠飛舔舔他的頭。「很快就可以。」她承諾道。

她轉頭看向葉池。

「就是這樣。」葉池低聲說道。

「謝謝妳。」松鼠飛低聲說。

松鼠飛帶著小貓們進入荊棘隧道，並用她的身體將荊棘刺壓抵開。小松鴉走在中間，小獅和小冬青走在兩旁幫忙引導他。樹叢晃動著，他們的身影消失在樹叢中。當他們走進營地空地時，霎時一陣寂靜無聲，然後葉池聽到所有貓齊聲開口。

「松鼠飛！妳回來了！」

「還帶回小貓？我甚至不知道妳懷孕了！」

「感謝星族，幸好有葉池陪在妳身邊！妳們都還好嗎？小貓們看起來很健康！」

「棘爪，快看！你當爸爸了！」

葉池站在荊棘隧道外，忍不住閉上了眼。她的腦海裡有三個小小的身影，三雙眼睛——琥珀、綠色和藍色——身影閃爍。

好好生活，我的寶貝。你們將會永遠在我的心裡。

WARRIORS

貓戰士

鴿翅的沉默

Dovewing's Silence

藤池：深藍色眼睛，銀白相間的虎斑母貓。

獅焰：琥珀色眼睛，金色虎斑公貓。

狐躍：紅色虎斑公貓。
所指導的見習生，櫻桃掌（薑黃色母貓）

鴿翅：藍色眼睛，淺灰色母貓。

玫瑰瓣：深奶油色母貓。
所指導的見習生，錢鼠掌（棕色和奶油色相間的公貓）

罌粟霜：玳瑁色母貓。

薔光：淺藍色眼睛，暗棕色母貓，後腿癱瘓。

花落：玳瑁色和白色相間的母貓。

蟾蜍步：毛色黑白相間的公貓。

蜂紋：帶有黑色條紋的淺灰色公貓。

貓后　（正在懷孕或照顧幼貓的母貓）

黛西：來自馬場的白色長毛母貓。

栗尾：琥珀色眼睛、玳瑁色加白色的母貓。

長老　（以前是戰士、貓后，現在已經退休）

波弟：肥胖的虎斑貓，口鼻灰色，以前是獨行貓。

各族成員

雷族 *thunderclan*

族長　**棘星**：琥珀色眼睛，暗棕色的虎斑公貓。

副手　**松鼠飛**：綠色眼睛，深薑黃色的母貓。

巫醫　**松鴉羽**：藍色盲眼，灰色虎斑公貓。
葉池：琥珀色眼睛，淺棕色虎斑母貓。

戰士　（公貓，以及沒有子女的母貓）
灰紋：長毛灰色公貓。
塵皮：黑棕色虎斑公貓。
沙暴：綠色眼睛，淡薑黃色母貓。
蕨毛：金棕色虎斑公貓。
雲尾：藍色眼睛，長毛白色公貓
亮心：帶著薑黃色斑點的白色母貓。
蜜妮：藍色眼睛，灰色條紋的虎斑母貓。
刺爪：金棕色的虎斑公貓。
蛛足：琥珀色眼睛，四肢修長，下腹棕色的黑色公貓。
樺落：淺棕色虎斑公貓。
白翅：綠色眼睛，白色母貓。
榛尾：灰白相間的嬌小母貓。
莓鼻：乳白色公貓。
鼠鬚：毛色灰白相間的公貓。
煤心：藍色眼睛，灰色虎斑母貓。

風族 *windclan*

族長　**一星**：棕色虎斑公貓。

副手　**兔躍**：棕白相間公貓。
所指導的見習生，微掌（黑色公貓，胸前有白色一搓白毛）

巫醫　**隼翔**：雜色的灰色公貓。

戰士　**鴉羽**：暗灰色公貓。
所指導的見習生，羽掌（灰色虎斑母貓）

夜雲：黑色母貓。
所指導的見習生，呼掌（暗灰色公貓）

金雀尾：藍色眼睛，毛色很淺的灰白色公貓。

鼬毛：有白色腳爪的薑黃色公貓。

葉尾：琥珀色眼睛，暗色虎斑公貓。
所指導的見習生，燕麥掌（淺棕色虎斑公貓）

燼足：有兩隻暗色腳爪的灰色公貓。

石楠尾：藍色眼睛，淺棕色虎斑母貓。

風皮：琥珀色眼睛，黑色公貓。

荊豆皮：毛色灰白相間的母貓。

伏足：薑黃色公貓。

雲雀翅：淺棕色虎斑母貓。

貓后　**莎草鬚**：淺棕色虎斑母貓。

長老　**鬚鼻**：肥淺棕色公貓。

白尾：嬌小的白色母貓。

影族 *shadowclan*

族長　**黑星**：體型很大的白色公貓，有一隻深黑色的前腳。

副手　**花楸爪**：薑黃色公貓。

巫醫　**小雲**：體型很小的虎斑公貓。

戰士　**鴉霜**：黑白相間的公貓。

褐皮：綠色眼睛，玳瑁色母貓。
所指導的見習生，草掌（淺棕色虎斑母貓）

鴞爪：淺棕色虎斑公貓。

鼩鼱足：灰色母貓，腳是黑色的。

焦毛：暗灰色公貓。

虎心：暗棕色虎斑公貓。

雪貂爪：黑灰相間的公貓。
所指導的見習生，釘掌（暗棕色公貓）

松鼻：黑色母貓。

鼬毛：玳瑁色和白色相間的母貓。

撲尾：棕色虎斑公貓。

貓后　**雪鳥**：純白色母貓。

曦皮：奶油色母貓。

長老　**蛇尾**：有一根虎斑條紋尾巴的暗棕色公貓。

白水：瞎了一隻眼睛的長毛白色母貓。

鼠疤：棕色公貓，後背有一條很長的疤。

橡毛：矮小的虎斑公貓。

煙足：黑色公貓。

扭毛：長毛雜亂的虎斑母貓。

藤尾：黑白褐三色母貓。

其他族的貓 *cats outside clans*

小灰：住在馬場穀倉裡的貓，身材壯碩的灰白色公貓。

香菜：玳瑁色與白色相間的母貓，和小灰住在一起。

河族 *riverclan*

族長　**霧星**：藍色眼睛，灰色母貓。

副手　**蘆葦鬚**：黑色公貓。
所指導的見習生，蜥蜴掌（淺棕色公貓）

巫醫　**蛾翅**：有斑點的金色母貓。
柳光：灰色虎斑母貓。

戰士　**薄荷毛**：淺灰色虎斑公貓。
鯉尾：暗灰色母貓。
錦葵鼻：淺棕色虎斑公貓。
所指導的見習生，黑文掌（黑白相間的母貓）
草皮：淺棕色公貓。
塵毛：棕色虎斑母貓。
苔皮：藍色眼睛，玳瑁色母貓。
所指導的見習生，鱸掌（毛色灰白相間的母貓）
閃皮：銀色母貓。
湖心：灰色虎斑母貓。
鷺翅：暗灰色與黑色相間的公貓。

貓后　**冰翅**：藍色眼睛，白色母貓。
花瓣毛：毛色灰白相間的母貓。

長老　**撲足**：薑黃色和白色相間的公貓。
卵石足：雜灰色公貓。
急尾：淺棕色虎斑公貓。

被遺棄的兩腳獸窩
月池
舊雷族小徑
雷族營地
空地
風族營地
斷半橋
兩腳獸地盤
馬兒地盤
轟雷路
雷族
河族
影族
風族
星族

綠葉
兩腳獸地盤
兩腳獸窩
空地
兩腳獸小徑
兩腳獸小徑
影族營地
半橋
小轟雷路
綠葉
兩腳獸地盤
半橋
小河
小島
河族營地

被遺棄的
人小屋
採石路
水晶池
礦場
兔丘林
域湖
兔丘
兔丘馬廄場
兔丘路
樹叢
落葉林區
松樹林
沼澤
湖
小路
北

觀兔露營區
聖域農場
塞德勒森林區
小松路
小松乘船中心
小松島
艾柏河
魏特高奇路

第一章

寂靜籠罩森林，鴿翅靜靜地站在營地中央，眼角餘光瞄見兩個蒼白的身影：一頭條紋長鼻獾和一隻無毛的盲眼貓。他們朝她點頭，隨即走出山谷。那個當下，鴿翅很想追上去，將他們拖回來質問。

午夜！磐石！你們怎麼可以這樣丟下我們？黑暗森林也許被打敗了，但我們也失去了一切。

林子下方的靜寧被低沉的嗚咽聲打破。火星的屍首仍躺在那棵被雷電劈到的樹底下，沙暴正蹲在那具動也不動的屍首旁邊。

「我們失去了一切。」鴿翅大聲說出心裡的話。

她看見葉池將一大坨蜘蛛絲敷在煤心的後臀。獅焰站在他們旁邊，焦急地抽動著尾尖，直到葉池差遣他去巫醫窩取金盞花和艾菊。

蜜妮用鼻口輕觸鴿翅的肩膀，喵聲問道：「妳受傷了嗎？」

鴿翅搖搖頭。事實上，她根本不知道在這場可怕的浴血前哨戰裡，她受了什麼傷，她只覺得自己從頭到腳都麻木到沒有感覺，耳裡仍迴盪著嗡嗡的打鬥聲。

蜜妮催促道：「那就過來幫我們忙吧。」她溫柔地帶著鴿翅走到空地邊緣，冬青葉、鼠毛和蕨雲的屍首都安放在這裡。塵皮正低頭凝視著蕨雲，他那身暗色的虎斑毛沾染到血跡，幾處毛髮被整坨扯落。

「你快去找葉池檢查一下身上的傷口。」冰雲正小心翼翼地拉直蕨雲那條柔如羽毛的尾巴，此刻暫時停下動作，催促他，「我會留在這裡。」

「我再也不要離開蕨雲。」塵皮齜牙低吼。腳爪重拍地面，爪尖劃過表土。「我應該陪她的，不應該撇下她，讓她和碎星單挑。她根本不是他的對手。」

冰雲抬眼看他，淺藍色眼睛閃過一絲憤怒。「我母親是為了保護育兒室才犧牲的，她像戰士一樣死得其所，你不要汙蔑她。」

蛛足跛著腳走上前來，尾巴擱在他父親的肩上。「我相信葉池可以過來這裡幫你檢查傷口。」他告訴塵皮，「我們現在應該陪著她。樺落已經帶狐躍去巫醫窩了，等一下會過來跟我們會合。」

鴿翅為她父親感到悲痛。可憐的樺落。蕨雲是他母親，也是冰雲和狐躍的母親。這場喪親之痛對他來說很難熬。

白翅突然出現在她旁邊，嚇了她一跳。白色母貓身上有一條條血漬。鴿翅正要開口質問怎麼沒去巫醫窩，她的母親立刻搖頭對她說：「這不是我流的血。妳可不可以去幫忙波弟？」她用鼻口朝虎斑老公貓示意，後者正在設法將鼠毛的腳爪折到身子底下。

鴿翅的喉嚨像哽著一顆石頭，說不出話來。但她還是走到波弟那裡，幫忙按住鼠毛的腿，讓他可以把她的腳塞進肚子底下，佯裝睡著的模樣。老公貓眼裡淚水氾濫，胸膛發出刺耳的喘息聲。

山谷入口傳來的騷動聲響分散了鴿翅的注意力。松鴉羽和棘爪站在曾是營地的圍籬，但如今已被踏平的荊棘叢旁邊。「我現在要去月池。」棘爪宣布道，聲音迴盪在漆黑的夜空。「雷族此刻尤其需要一位族長。」他注視著暗處那具火燄色的屍首，語調微顫。等他終於平靜下來，才又繼續說道：「現在看來我勢必得出任族長一職。」他朝松鼠飛點點頭，後者綠色的眼睛正盈滿哀傷地望著他。「松鼠飛將是我的副族長，部族就先交給你管理了。」

說完棘爪就默默轉身躍過荊棘叢，松鴉羽行動緩慢地跟在後面，月光下的灰色身影猶如一抹灰雲。

松鼠飛爬上通往擎天架的岩石，看起來好像全身骨頭都在痛，她往下俯看族貓們。「在做其它事之前，請先檢視自己的傷口。小心查看，如果覺得會痛，一定要去巫醫窩。」她語調平板，彷彿所有的感官能力都被這場戰役耗盡。「現在不是逞強的時候，」她喵聲道，「部族現在需要的是身強體壯的你們。所以如果有受傷，一定要接受治療。」她瞇起眼睛看著塵皮，後者剛將目光從蕨雲身上移開。「你也包括在內。」松鼠飛以此結尾。

鴿翅瞥了自己的腰腹一眼，又看了看每隻腳爪，但找不到任何急需處理的傷口。她開始舔鼠毛的耳朵，想幫忙清理。但波弟將尾尖擱在她肩上。「我來弄。」他粗聲說道。

鴿翅點點頭，退後一步，好讓行動不便的老公貓朝鼠毛的頭顱挪近。波弟的舌頭粗嘎地舔著他室友的身軀，鴿翅心痛地閉上眼睛。**鼠毛，沒有妳，他該怎麼辦？**

一隻毛色銀白的母貓正在冬青葉的旁邊，撿拾她身上的葉屑。鴿翅側倚著她妹妹問道：「藤池，妳還好嗎？」

銀白色母貓點點頭，沒有抬眼。「我還活著，不是嗎？這都得謝謝冬青葉。」藤池的鼻口在冬青葉的背上游移。「要不是她，鷹霜早就宰了我了。冬青葉為我犧牲了性命。」

藤池聲音顫抖到鴿翅不禁縮起身子。「別忘了冬青葉現在正在天上看著妳，」她喃喃說道，「她絕對不會後悔她為妳所做的犧牲。」

黛西在冬青葉的另一側點點頭，並試圖用爪子解開冬青葉身上糾結成團的黑色長毛，溫柔地梳理打結的毛髮，彷彿深怕若拉扯過猛，冬青葉恐怕會痛。「冬青葉像個真正的戰士一樣戰死沙場。」她附和道。

鴿翅環顧四周的腳步聲。蕨毛正緩步穿過空地，尾巴不停彈動。「有沒有誰看到栗尾？」他喊道。

亮心從傾圮的長老窩裡走出來，白色斑紋在微光中閃閃發亮。扁塌的枝葉深處傳來她那三隻小貓的低沉叫聲。

「現在安全了嗎？可以出來了嗎？」

「那些幽靈貓走了嗎？他們好壞哦。」

「噢，小露踩到我了！」

亮心回頭瞥了一眼。那張帶疤的臉因緊張而漲紅。她喵聲道：「先等等，我保證很快就可以出來了。」她轉身對蕨毛說：「我看見栗尾進育兒室了，你去那裡找。」

「謝了。」蕨毛快步朝荊棘叢走去，拜蕨雲英勇抗敵之賜，育兒室竟奇蹟似地完好無缺。

鴿翅搖搖頭，試圖甩掉耳裡的嗡嗡聲響。**不太對勁**，她心想，背上毛髮跟著豎了起來。**我應該聽得到栗尾的聲音……但我聽不到！**

「妳還好嗎？」藤池問道。

鴿翅的目光緊盯著育兒室，望著蕨毛鑽進去。「我沒事。」她低聲道。

「不！」

蕨毛的那個「不」字像石頭一樣砸進無聲的空地。等鴿翅發現自己的腳正不由自主地移動時，已經來到了育兒室入口。蕨毛就站在栗尾臥鋪的邊緣，低頭望著他那動也不動的伴侶屍首。空氣裡瀰漫著濃烈的血腥味，鴿翅感覺到腳下有溼黏的血跡。

一顆玳瑁白的小頭顱從栗尾身後伸出來，藍色眼睛瞪得斗大，盛滿憂慮。「我們叫不醒她。」小百合尖聲說道。「我們一直叫她，可是她都不醒。」

她的哥哥小種籽也跟著出現。金棕色毛髮蓬成一團，看起來像隻小刺蝟。「你覺得她是不是打仗打得太累了？」

「太累了……」蕨毛低聲說道，目光始終停留在栗尾甜美的臉上。母貓的眼皮輕闔，彷彿才剛打瞌睡。

「小百合，小種籽，跟我來。」鴿翅聲音粗嘎地催促他們。

小貓們從栗尾身上爬了過來。「對不起，媽媽。」小百合不小心踩滑，腳爪掉進栗尾的耳朵裡，趕緊喵聲致歉。

小貓們的腹毛早被鮮血浸溼，鴿翅看得不忍卒睹，但仍試著故作平常。她瞥了旁邊的蕨毛一眼，可是他完全沒注意到，後者的腿已經癱軟，身子蜷伏在栗尾旁邊，鼻口緊緊抵住她的頭。

「我的愛，快醒來。」他喃喃道。「我們的小貓需要妳，我們不能失去妳。」

鴿翅把小貓們往入口推。「我覺得爸爸很傷心，」小種籽吱喳說道。「要不要我留下來陪他？讓他好過一點？」

「不用了，讓他靜一靜好了。」鴿翅催促他們離開，跟在小貓後面走進空地。育兒室外面有幾隻貓兒瞪大眼睛，神情焦慮地等在那裡。亮心看見滿身是血的小貓，嚇得尖叫出聲，趕緊跳上前來，轉頭喊道：「雲尾！快別讓我們的小貓出來。」她的伴侶貓趕緊走進傾圮的長老窩裡，亮心則用尾巴將小百合和小種籽拉近到自己的肚皮旁，幫他們舔洗身上髒汙的毛髮。她抬眼迎視鴿翅，以眼神探問，鴿翅點點頭，亮心隨即彎身下去，緊挨著小貓們。

松鼠飛緩步走了過來，「發生什麼事了？」

「栗尾死了。」鴿翅喵聲道，每個字都像尖如刺藤的爪子從她喉間吐出。

櫻桃掌不安蠕動腳爪，白翅悲痛地閉上眼睛。松鼠飛一臉不解。「可是……可是她沒事啊。她沒說她受傷了。」暗薑黃色母貓環顧族貓們。「你們都沒注意到她受傷了？」

沙暴走上前來，淚眼汪汪地仍在傷痛火星的死。她將尾巴擱在松鼠飛的肩上。「如果她傷勢那麼嚴重，我們也束手無策啊。」

松鼠飛甩打尾巴。「至少我們可以試著救她。」

育兒室裡傳來哭號聲。「栗尾，不要離開我。」

「我去看他。」蜜妮提議道，隨即鑽進荊棘叢裡，「這時不應該單獨留下他。」

灰紋上前一步。鴿翅很詫異他看起來竟如此蒼老和疲憊。「黑暗森林又索走了一條命。」戰士大聲說道。「願栗尾在星族保祐我們。」他垂下頭。

松鼠飛在貓群四周焦急地踱步。「我不是告訴過你們，一定要檢查自己的傷勢嗎？你們到底照做了沒？我不要再看見有誰死在我面前。」

鴿翅舔舔腰腹上的傷口，一股罪惡感油然而生。她應該先去治療，免得感染。她朝巫醫窩走去。蛛足正在窩裡幫葉池將攪爛的草葉敷在狐躍被咬裂的腹傷上。狐躍動也不動地躺在那裡，只能從眨動的眼皮看出他還活著。

葉池抬眼看，「鴿翅，你受傷了嗎？」琥珀色眼睛瞪得斗大，布滿憂慮。

「栗尾死了。」鴿翅喵聲道。

葉池跳了起來，差點被狐躍絆倒，「什麼？她沒告訴我她受傷了。」

「她誰都沒說，」鴿翅低聲道，「我想她只是想去陪她的小貓。」

巫醫貓的肩膀垂了下來。「她現在這樣我也無能為力了。等我處理完狐躍的傷，我會帶些藥草和蜘蛛絲到外面去幫妳和其他還沒看診的貓兒治療。」

鴿翅緩步走回空地。那三隻喪命的族貓屍首已各自被親友圍在中間。藤池蹲在冬青葉旁邊，舔著她肩上柔軟的毛髮。蜂紋陪著他父親站在火星屍首旁。淺灰色公貓捕捉到她的目光，抽動耳朵，彷彿在提議他可以過去陪她。但鴿翅搖搖頭。灰紋此刻更需要他。

雲尾和莓鼻正在戰士窩裡低頭搜索，試圖拉出殘餘的臥鋪，這時松鼠飛走了過去制止他們。

「今晚我們什麼工作也不做。」她喵聲道，語氣聽起來平靜許多，比較像個副族長了。「在棘爪回來之前，我們應該先好好休息。」

等他回來，就是棘星了，鴿翅心想道。她找到樹墩旁一塊乾淨的沙地，那裡是見習生最愛練習跳躍的地方，她在這裡安頓下來，捲起尾巴蓋住前腳，抬頭仰望蒼白的星子，試圖找出星族今夜誕生的新戰士，但深不可測的夜空裡的每顆星子都只閃爍著冷冽的光芒。鴿翅感受不到祂們的溫暖。**我們真的贏了這場仗嗎？我實在感覺不到任何勝利的滋味。**

她豎起耳朵，繃緊神經，想聽其他族貓面對死傷者的心情。但她只聽到類似野風拂過濃蔭的輕柔呼嘯聲。山谷四周的森林幽暗濃密，危機四伏，鴿翅不免懷疑以後還能有太平的日子可過嗎？

第二章

鴿翅醒來時，發現魚肚白的曙光正隔著光禿的枝椏滲進來。她冷極了，吐出的氣息如雲煙裊裊。她的族貓昨夜陪著已死的戰士們直接露宿在夜空下，如今正在空地四周逐漸甦醒。昨晚栗尾的屍首已經被移到育兒室外面，放在鼠毛旁邊猶如一抹淺淡的光影。蕨毛蜷閉著眼睛，蜷縮在伴侶貓的屍首旁，但鴿翅懷疑他可能徹夜未眠。

一個暗色的虎斑身影穿過空地，輕輕喚醒每隻貓兒。那是波弟，他的鼻口一夜灰白，毛髮因一直坐立不安而凌亂不堪。

「守夜結束了。」他輕聲告訴族貓們。「這些貓兒必須埋起來。」

錢鼠掌發出不滿的咕噥聲。

波弟聽到立刻回嗆：「這裡只剩下我一個長老，我哪有辦法自己埋葬他們，我需要幫手。」

年輕的棕乳色公貓尷尬地爬起來，跟在波

弟後面穿過空地，來到死者的置放處。其他貓兒也加入他們，其中有灰紋、玫瑰瓣、花落和蜂紋。鴿翅跟在他們後面，但差點被自己那冰如石頭的腳給絆倒。當她經過殘破的長老窩時，聽見裡面傳來低沉的吱吱叫聲，聲音大到足以證明黛西和亮心已經在那裡幫栗尾的小貓安置好了，盡可能不讓他們出來空地。

蜂紋朝火星的屍首走去。鴿翅看見她妹妹憂傷地弓起肩膀，緩步走向冬青葉的屍首，鴿翅跟在後面，用嘴輕輕咬住冬青葉的單側頸背。她從眼角餘光瞄見她父親走向蕨雲。冰雲和蛛足已經站在那具身形嬌小、毛色灰白相間的屍首旁，他們都垂著頭，腰腹凹陷，筋疲力竭。樺落一趨近，塵皮便上前一步，擋住了她的視線。

「樺落，我們自己可以處理。」他喵聲道。

樺落的尾尖不停抽動。「她是我母親，我要送她最後一程。」

塵皮貼平耳朵。「你在背叛部族的時候，就已經放棄了送終的權利。」他低吼，聲音小到鴿翅幾乎聽不見。她鬆開冬青葉的頸背，不耐地甩甩頭，試圖銳化自己的感官異能。

令她意外的是，樺落竟然沒有爭辯，反而轉身走回戰士窩。鴿翅張嘴想喚他，但藤池捕捉到她的目光。「什麼話都別說，」她警告道。「我們先把這件事處理完。」她彎下身子，咬住冬青葉的另一側頸毛，罌粟霜和雲尾則咬住後臀鬆軟的毛皮，他們都眼神陰鬱，布滿憂傷。鴿翅注意到刺爪、鼠鬚和花落全跟著她父親回到窩裡。

難道族貓們都拒絕他們的協助？鴿翅不免緊張起來。**莫非因為他們曾在黑暗森林裡受過訓，就受到其他貓兒的排斥？**

冬青葉的屍首這時被抬了起來，暫時轉移了她的注意力，因為她得把腳爪張開，才能平均分攤重量。冬青葉不是很重，但因為已經冰冷僵硬，所以要移動並不容易，四隻貓兒扛得搖搖晃晃，差點站不住腳。塵皮和蛛足輕鬆扛起蕨雲，彷彿她的重量僅如薊花的冠毛那般輕。冰雲走在後面，肩上垂掛著她母親的尾巴。蜂紋、獅焰、煤心和波弟則合力搬動鼠毛，那隻老母貓從此緘默安息，嘴巴微張，彷彿仍有話想說。火星被沙暴、灰紋、松鼠飛和蜜妮合力扛起。

鴿翅聽見灰色的虎斑母貓喃喃說道：「我親愛的朋友，我們都是寵物貓出身，但你看看我們現在的樣子。」

起初蕨毛似乎不願讓其他貓兒觸碰栗尾，彷彿深怕他們驚擾她。玫瑰瓣、莓鼻和白翅小心翼翼地圍住貓后，把她當成剛出生的小貓輕輕抬起。蕨毛彎腰用頸背托起栗尾的下巴，憂傷猶如薄霧漫上他全身凌亂的毛髮。鴿翅不忍地別過臉去。

葉池領著悲傷的隊伍走出山谷，進入雷族領地的古木參天處，那裡就位在營地和湖岸之間，歲月摧殘下，橡樹長得猙獰歪扭，顯得灰白，但地面柔軟，布滿青苔，容易挖掘。貓兒們逐一放下肩上珍貴的重擔。葉池站在每位殞落的戰士面前，為他們送行到星族。

祂們已經到那裡了，鴿翅心裡想道，她回想起她曾在被戰事蹂躪的營地裡看見許多發亮的身影。她環目四顧，尋找那幾隻回到戰士窩的貓兒。蟾蜍步和榛尾已經加入送葬的行伍，但其他貓兒不見蹤影。「樺落沒來！」她對藤池低聲說道。「妳覺得我們要不要去找他來？」

她妹妹怒目看她。「我們的父親之所以沒來，是因為他知道自己不受歡迎。大家都知道樺落是黑暗森林的打手，刺爪、鼠鬚和花落也一樣，他們是背叛者。對某些族貓來說，我也是背叛者。」

「這不公平！」鴿翅低聲反駁道。「要不是妳，他們怎麼知道自己走錯路了。」

藤池低下那顆銀白相間的頭顱。「他們不會輕易原諒我們，尤其這場仗害我們失去了這麼多族貓。冬青葉也是為了救我才死在鷹霜手下。」她全身發抖，「也許今天躺在這裡的應該是我。」

鴿翅挨近她妹妹，用尾巴環繞藤池的腰腹。「別再這麼說了！」她嘶聲道，「冬青葉知道自己在做什麼。她是一位死得其所的真正戰士，千萬別忘了這一點。」

葉池說完了儀式的禱詞，祈願死者安抵星族天家，承諾日後必再相逢，說完便沿著地上整排的死者緩行，用鼻口逐一輕觸死者冰冷的頭顱。她在冬青葉身邊停留最久，嘴裡喃喃地最後一次對她的女兒說話。鴿翅發現自己不由自主地豎起耳朵聽，又趕緊轉身離開。因為不管葉池說什麼，都是說給冬青葉聽的，其他貓兒不應該偷聽。鴿翅只希望那隻黑色母貓不管在哪裡，都能聽到葉池捎來訊息。

松鼠飛也加入葉池，靜靜站在冬青葉旁邊好一會兒。副族長閉著眼睛，心痛地弓起肩膀。突然她睜開眼睛，抬起頭來。「只有我們清楚自己對他們有多少虧欠，所以我們的責任是讓他們不會白白犧牲。」她低頭看著火星，伸出前爪輕撫他的面頰。「我的父親，請安息。」她低聲道。

波弟上前一步。「洞不要挖得太近，每個洞都要一定距離，」他粗聲說道。「而且為了安全起見，洞的深度至少要一隻狐狸的身長。」他拖著腳補充道，「哦，還有……要是挖洞時，發現有水冒出來，就別再挖下去，到山坡那裡另外挖洞。」

「波弟，謝謝你的經驗分享。」松鼠飛喵聲道，「還有別的事要交代我們嗎？」

老虎斑公貓抽動耳朵。「是這樣的，鼠毛向來喜歡看湖邊的夕陽，她說看起來很像火在水上燃燒。」他愈說愈小聲，吞了吞口水。「所以我想把她埋在可以看到夕陽的地方。也許埋在那裡吧。」他朝一座長滿草的土丘點頭示意，那裡可以一覽無遺美麗的湖景。「我知道她不在了，但總覺得那地方很適合她。」

沙暴走到他身邊，尾巴輕輕撫過他骨瘦如柴的背脊。「波弟，這主意太好了。我們當然可以把她葬在那裡。」

鴿翅眨眨淚水模糊的眼睛。「來吧，」她對藤池說，「我們幫冬青葉找個地方。」貓兒們開始穿梭林間，仔細挑選地表鬆軟、沒有積水的挖洞地點。罌粟霜在一叢幼小的冬青樹旁停下腳步，旁邊是波弟幫鼠毛挑選的土丘。「這裡怎麼樣？」她回頭喊道。

雲尾走了過來，用腳爪戳戳表土。「不錯，這裡應該可以。」他刨掉腐爛的樹葉，將它們堆到樹底下。鴿翅和藤池走過去與他會合，開始挖鑿那塊地。她聽見蜂紋、煤心和獅焰在土丘上方幫鼠毛標示挖掘的空間。

「再長一點。」波弟下令道。「給她多一點伸展的空間。」

林間一片寂靜，偶而傳來掘土聲和出力時嘴裡的呼嚕聲。鴿翅全身發熱，感覺毛髮扎人，即便泥土戳進爪間很不舒服，眼睛也被飛濺的泥沙刺得睜不開，她還是埋首工作，不曾停歇。罌粟霜和雲尾在洞的另一頭挖掘，身子幾乎被夾在冬青樹叢裡，尖銳的葉片雖然不時戳到毛髮，他們仍一無抱怨。

「噢！」鴿翅頭頂上方傳來低沉的咒罵聲。她抬眼看見獅焰抬起前掌，有鮮血從斷裂的爪子上滴了下來。

煤心立刻跳過去。「怎麼了？」

獅焰甩甩腳掌，鮮血飛濺在青苔上。「我被樹根扎到，」他喵聲道，「不過不礙事。」

煤心偏頭問他：「你確定？」她的語調帶著某種含義。鴿翅懂她的意思。獅焰不像其他貓一樣會受傷，這種異能使他在戰役中所向披靡。如果黑暗森林的貓傷不了他，樹根又怎麼會傷到他？

獅焰轉身回去挖洞。「我不是說了嗎？不礙事。」他吼道，聲音被揚起的砂石蒙住。

鴿翅又埋頭挖掘。**這不代表什麼**，她告訴自己，**獅焰在戰場上筋疲力竭，不再像平日一樣能保護自己。**鴿翅耳裡的嗡鳴聲淹沒了腳爪刨土的聲響，最後什麼也聽不到，只聽見自己的呼吸聲。

最後，五隻貓兒被放進土穴裡掩埋。波弟小心檢查每座墳，確定墳土上的樹葉沒有沾到任何氣味。「我們可不希望引來飢餓的動物。」他解釋道。鴿翅突然對老貓很是欽佩。這一刻，誰都不會想到他並非天生的部族貓，而且從沒當過戰士。

貓兒們原路回到山谷，癱坐空地上，累到沒有力氣去取生鮮獵物堆裡的食物。那裡已經堆了兩隻麻雀和一隻松鼠。鴿翅猜測應該是樺落和其他貓兒出去狩獵過了。她好奇這是不是一種和解的表示。但她注意到去幫忙埋葬的貓兒都沒有對他們表示謝意，甚至不跟他們說話。鴿翅望見塵皮從樺落身邊直接走過去，看都不看他一眼，不禁皺眉。她很想大喊：**他是你兒子，不是你的仇敵！**

夜色正在降臨，貓兒們開始騷動，各自尋找暫時的棲身所，這時腳步聲從山谷入口傳來，棘星縱身躍過被踏平的刺藤叢。松鴉羽則是小心穿過那些藤蔓。

鴿翅目不轉睛地看著雷族新族長，那身暗棕色的毛皮看上去比以往還要光滑，猶如星光籠罩，琥珀色的眼睛閃閃發亮。難道是因為他被賜予了九條命？鴿翅繃緊神經，想聽聽看他四周有無星族戰士在低語，但什麼也沒聽見，只聽到族貓們疲憊地在營裡四處走動。她暗地責怪自己太愛幻想。

松鼠飛一跛一跛地走過來，在山谷中央迎接棘星。「歡迎回來。」她垂頭喵嗚道。她似乎也對他心存敬畏。

棘星環顧四周，望見樺落、刺爪、鼠鬚和花落坐在空地邊緣，刻意與其他貓兒保持距離，不禁瞇起眼睛。「怎麼回事？」他喵聲道，「你們今天沒有一起去埋葬死者嗎？」

松鼠飛挨近棘星，附耳對他說話，不停彈動的尾尖洩露出她的不安。鴿翅朝他們傾身，試圖想聽出副族長說了什麼。

「我不認為那是妳該聽的對話。」有喵聲從她身後傳來。

鴿翅嚇了一跳，轉頭看見她母親那雙綠色的眼睛正疑慮地看著她。「妳……妳說過妳可以聽見很多聲音，」白翅繼續說道，「就算離妳很遠，也聽得見。」

鴿翅點點頭。白翅這時竟然嘆了口氣，用尾巴搓搓鴿翅的肩膀。「那種感覺一定很奇怪吧，」她喃喃說道。「妳的耳根一定無時無刻不得安寧。我真希望妳能早點告訴我，也許我就能幫點忙了。」

「那只是預言的一部份，」鴿翅喵聲道，覺得很不自在。「我之所以擁有這項異能，是為了幫助部族抵禦黑暗森林。真的沒關係。」

她的母親直起身子，仍然一臉困惑。「如果妳想找我聊一聊這件事，我隨時都在。」她朝棘星和松鼠飛點頭示意。「我還是認為就算妳天賦異稟，也不代表什麼都**應該**聽進耳裡。」

鴿翅低頭看著自己的腳爪，喵聲道：「沒關係，反正我現在也聽不到他們說什麼。自從下了戰場之後，我的耳朵到現在都還嗡嗡作響。而且我有點頭痛。」

「妳為什麼不去找松鴉羽，看看有沒有方法可以幫妳。」白翅催促道。「所有傷者都要接受治療，不要忍痛不說。」

鴿翅朝巫醫窩入口走去，隔著刺藤簾幕窺看裡面。「松鴉羽？我可以進來嗎？」

巫醫貓從蕨葉叢裡探出頭來，怒髮衝冠，表情緊張。他厲聲對她說：「很緊急嗎？葉池睡著了，我正在幫狐躍換藥。」

「他怎麼樣了？」鴿翅問道，突然覺得胃抽緊。

松鴉羽回頭望了戰士一眼，窩裡隱約可見一個聳肩弓身的形影。薔光在他旁邊用前腿幫忙撐住，不停舔著他的耳朵。「不太好。」松鴉羽說道。「妳有什麼事？」

「沒關係，我不急。」鴿翅說道，同時往後退，「需要的話，我明天再來找你。」

松鴉羽又鑽回窩裡，留下鴿翅兀自看著微微顫動的刺藤枝葉。她早就習慣松鴉羽的壞脾氣和從來不拖泥帶水的做事態度。但這次不太一樣。他好像……很害怕。但有什麼事比黑暗森林的來襲更恐怖呢？這場仗已經打贏了。再也沒有什麼好害怕的，不是嗎？

第三章

「噢，小心我的眼睛。」

「對不起！」鴿翅丟掉她這一頭正在處理的荊棘，往後退幾步，免得再傷到蜂紋。他們正在修補戰士窩坍塌的外牆。塵皮應該在這裡監工，但不見蹤影。鴿翅猜他八成去蕨雲的墳地了。

他們才埋了那些殉職的戰士兩天而已，塵皮和蕨毛似乎仍不願獨留伴侶貓在冰冷的地穴裡。族貓們都不願對此置喙，只能暗自同情他們那說不出口的傷痛。

但那些曾經短暫與黑暗森林同一陣線的貓兒，到現在都還像患了綠咳症似地被避之唯恐不及。他們單獨睡在長老窩後面。昨晚藤池也加入了他們。鴿翅懷疑她是因為族貓們曾看到她在戰場上與鷹霜打鬥，所以對她的態度比較好，於是自覺愧疚。

鴿翅一想到這種不公平的對待，毛髮便不禁豎了起來。她想等棘星有空的時候找他談一談，可是他跟松鼠飛一直忙著組織巡邏隊和窩穴的修補工作。

蜂紋推推鴿翅。「我眼睛沒事啦。」他開玩笑道，「來啊，幫我把這條藤蔓解開。」他們慢慢解開打結的綠色枝葉。現在所有的貓兒都在盡可能就地使用現成的材料來修補已毀的窩穴，因為這個季節實在很難再找到新鮮的枝葉。

這時正在圍牆另一頭工作的煤心突然輕呼一聲。「黑星來了。」

鴿翅伸頭看見影族族長正一跛一跛地走進空地，副族長花楸爪跟在旁邊，事實上是緊跟在旁，他們用肩膀傍著彼此，看起來是花楸爪正幫忙撐住他的族長。

蜂紋放下藤蔓，來到鴿翅旁邊。「不曉得他來這裡做什麼？」

他的語氣裡沒有疑忌，事實上，雷族貓雖然放下手邊工作，望著乍來的訪客，但眼中都沒有敵意。**黑暗森林改變了一切**，鴿翅暗自想道，她想起還是不久前，若有這類訪客來訪，都會被投以懷疑的目光。然而現在卻不再質疑緩步走進山谷的他族訪客。

「黑星，快來這裡坐下休息！」棘星從擊天架上方跳下來，示意影族族長有塊草地可供他歇歇腿。

「我的星族啊，黑星老到簡直是奄奄一息嘛。」煤心在鴿翅旁邊低聲說道。

礙於亮心出外狩獵，本來在育兒室幫忙黛西逗弄小貓的松鼠飛，這時也走過來加入他們。

「影族還好嗎？」松鼠飛問道，同時和花楸爪互相點頭致意。

「我們很好。」黑星粗嘎地說道，聲音微弱到鴿翅幾乎聽不見。**戰役已經結束兩天了，為什麼我的聽力還沒恢復？她沮喪地想道。**

黑星似乎因為喘得厲害，說話有點困難，於是花楸爪代勞開口：「我們必須過來找你們商量一下怎麼處置那些還在我們身邊走動的黑暗森林成員。」他大聲說道。

鴿翅縮起身子，黑暗森林成員？她環顧四周，發現她的族貓們毛髮都豎得筆直。

花楸爪繼續說道：「你們也知道，黑暗森林的攻擊行動有部份是借助四大部族的戰士。」他停頓一下，環顧空地，似乎想當場點名那些貓兒。「其中有些倖存了下來，我們必須決定怎麼處置他們。」

棘星換個站姿。「我同意這事得好好想一想，但我覺得這是各部族族長可以自行決定的事。畢竟這事關我們自己的族貓。」

黑星勉強站了起來，甩動尾巴。「大戰役期間，我們一直合作無間，」他嘶聲道。「所以這是所有部族應該一起面對的問題，必須共同解決，決不能徇私偏袒。」

「哇！」蜂紋在鴿翅耳邊低語。「他又不是不知道戰爭已經結束了，我們和影族的結盟關係也結束了。」

棘星掃視山谷，最後目光停留在那四隻受到排斥的貓兒身上，他們正在入口的另一側清理被踏平的刺藤。「很好，黑星，」他喵聲道，「也許我們是該就這個問題達成共識。我們明晚在島上見，好嗎？」

黑星點點頭。「如果你可以允許我的戰士借道你們的湖岸，我會幫忙帶話給河族和風族。」

「當然可以。」棘星喵聲道。他站起身，走到正準備離開的老白貓旁邊。「黑星，謝謝你專程過來一趟。你先回去好好休息，再到島上一起開會。」

黑星悶哼了一聲。花楸爪朝棘星垂頭致意，隨即帶著他的族長穿過斷垣殘壁，走進森林裡。

鴿翅背上的毛全豎了起來。蜂紋用鼻口幫她撫平。「冷靜點，」他喵聲道，「不會有事的。」

「可是藤池可能會有麻煩。」鴿翅厲聲道，「還有我父親。他們誤信了黑暗森林戰士的謊言，我們不能因為這樣就處罰他們。」

蜂紋又回頭去忙著解開藤蔓的結。「鴿翅，我們不能視若無睹曾經發生過的憾事。也許他們是需要一點教訓，才會記住曾經犯過的錯。」

「花落是你妹妹欸，」鴿翅輕聲說道，「你真的認為她背叛了部族？」

灰色公貓仍埋首於糾結成團的藤蔓。「接受黑暗森林的訓練從來就不是戰士守則之一。」他嘀咕道。

「也從來沒有貓兒死而復生地回來攻擊我們！」鴿翅伸出前爪，按住蜂紋的肩膀。「我們的族貓做了糟糕的決定，但在關鍵時刻，他們還是忠於我們，而且只忠於我們。」

蜂紋終於正視她，但眼裡仍有困惑。「妳真的這麼認為？」

鴿翅點點頭。「藤池是我妹妹，就像花落是你妹妹一樣。我願意拿我的生命當賭注去相信我的妹妹。你難道不也是嗎？」

蜂紋猶豫了一下，然後點點頭。「謝謝妳，鴿翅。」他低聲道。

鴿翅還沒來得及說什麼，棘星就在她身後開口道：「鴿翅，可以跟妳聊一下嗎？」

鴿翅差點嚇了一跳。她怎麼沒聽見他走過來的聲響？

「我希望妳跟我一起去和其他族長開會。」棘星喵聲道，「當然松鴉羽也會去，還有那些曾受過黑暗森林訓練的貓兒。不過我覺得妳和獅焰也應該在場。你們兩個比誰都還要清楚黑暗森林當初的詭計。」他眨眨眼，「因為有那個預言，對吧？」

鴿翅默默地點頭。

「那好，」棘星轉過身去。「我們明天黃昏時出發。記得白天先休息。」

鴿翅沒有立刻回去幫忙蜂紋，反而動也不動地站在原地，傾聽周遭的低語聲。雷族的其他貓兒似乎都很興奮即將有機會嚴懲他們當中的叛徒。鴿翅感覺得到在他們的愚蠢裡頭有某種迫不及待的情緒。**難道你們看不出來他們只犯了一次錯嗎？你們就從來不會犯錯嗎？**

她偏著頭，試圖聽見影族裡有什麼說法。

他們也一樣迫不及待嗎？可是她只聽見身邊蜂紋和煤心工作時的枝葉窸窣聲，還有一隻小貓在長老窩裡的地上踩到刺時傳來的吱吱叫聲。當她試圖想像附近的營地時，發現心思竟然渾沌不明，猶如薄霧籠罩。

鴿翅頓時毛骨悚然。**我的視力和聽力為什麼不能再像以前一樣擁有異能？我出了什麼問題？**

她看著藤池，後者正忙著從育兒室裡拖出來的青苔裡挑出仍可使用的部份。鴿翅不必靠異能，也能覺察得到她妹妹有太多的事得煩惱。而狐躍和其他傷者也令松鴉羽忙得分不開身。至於獅焰則得經常出外巡邏。鴿翅想起葬禮那天，獅焰的爪子竟然斷了，不禁皺起眉頭。她的聽覺異能不再，獅焰也不再是金剛不壞之身。

我們的天賦異能究竟怎麼了？

第四章

一輪盈月正掛在松樹頂端，貓兒們魚貫穿過樹橋，進入小島。鴿翅一路上沒有說話，只是緊跟著藤池，試圖讓她寬心。藤池一逕抬高頭，尾巴很有自信地蜷在背上，但鴿翅心知肚明她其實很害怕會議裡的可能指責。棘星和松鴉羽領頭帶著雷族隊伍，樺落、刺爪、鼠鬚和花落殿後。那四隻貓兒全身緊繃，背上毛髮根根倒豎。鴿翅真希望他們可以放輕鬆點，不要看起來好像很無地自容的樣子。

黑星已經坐在橡樹下方，旁邊陪著的是他的巫醫貓小雲。在粗壯的樹幹相襯下，兩隻貓兒看起來尤其顯得脆弱和瘦小。他們的族貓虎心和鼠疤坐在離他們一條尾巴之距的地方，不停抽動著耳朵。正穿過空地的棘星在半途停下來，用尾巴示意他的族貓們，要他們也坐下來。「我們就待在這裡吧。」他輕聲說道。鴿翅很欣慰他陪著他們一起坐下來，而不是走過去坐在黑星旁邊。

一星在雷族貓坐定之前，抵達這裡。陪他來的是巫醫貓隼翔和風皮。黑色戰士的眼裡閃著挑釁。**他顯然不認為自己做錯了什麼**，鴿翅心想。

三個部族默默等候，豎耳傾聽最後一批貓兒抵達時傳來的蕨葉窸窣聲。霧星率先從蕨葉叢裡出來，後面緊跟著蛾翅和冰翅。鴿翅眨眨眼睛。原來雷族帶來的族貓最多！這是否意謂他們對戰士守則的忠誠度最差？

棘星似乎猜到他的族貓們心裡在想什麼。「其他部族在與黑暗森林交手時失去了許多戰士，」他低聲道。「而你們都熬了過來，所以我們的數量才會比較多。」

這番話並沒有讓鴿翅好過一點。這時她突然感覺到身上有股熱氣，轉頭一看，發現虎心正凝視著她。但此刻的她不想心煩他們之間的複雜關係。

一星率先開口。「為什麼帶獅焰和鴿翅來這裡？」他問道，「他們又不是黑暗森林的同夥，不是嗎？」

「當然不是，」棘星回答，「可是他們比我更清楚我們的族貓在黑暗森林裡的參與過程。」他走到中央，環顧其他族長。「我們要知道的是整件事的真相，還有為什麼這些貓兒會走到這個地步。這場仗已經結束，他們不再是我們的仇敵。」

他的毛髮凌亂，鴿翅知道雖然他話這麼說，但其實也很懊惱竟然有這麼多雷族貓涉入黑暗森林的事。不管最後如何懲處，雷族受到的影響勢必最大。空地裡瀰漫著緊張的氣氛。此刻的氣氛很奇怪，族長們站在貓兒中間，而那些曾涉入黑暗森林的貓兒個個毛髮倒豎，彷彿隨時準備靠利爪和尖牙來捍衛自己。

霧星抬起頭。「你們也知道，甲蟲鬚和穴飛都戰死了，所以無法為自己的所作所為提出任何辯解。冰翅知道黑暗森林考驗她的忠誠度，而她失敗了。但她已經從中學會教訓，所以我現在不再懷疑她。她向來是位好戰士，我想給她機會重新開始。」

「風皮也一樣，」一星大聲說道。「這場仗折損了我們很多戰士。所以我為什麼要懲罰僅剩的少數戰士？我們需要風皮幫忙巡邏，無須浪費時間在已經結束的事情上。」

「可是他們打破了戰士守則！」黑星反駁道。他看著虎心和鼠疤，眼裡充滿悲痛。「他們背叛了部族、族長和他們自己。怎麼可以不受懲罰？」

一星目光掃向雷族貓兒。「我想我們必須面對一件事實，那就是不管理由何在，黑暗森林的確吸收了部份族貓，而且有些部族被吸收的數量尤其多。」他意有所指地補充道。

鴿翅憤慨到全身發燙。棘星開口想說話，但霧星打斷他。「一定有方法可以在不削弱部族的情況下，繼續往前邁進。」她喵聲道，「各部族都沒辦法再折損戰士，所以放逐這條路行不通。」

鴿翅眨眨眼睛。**放逐！**她根本沒想到有這樣的懲戒。她移動身子，挨近藤池。「妳必須告訴他們真相，」她在她耳邊低語。「當時鷹霜是怎麼吸收妳的。妳從來沒有對部族不忠！他們必須明白這一點。」

棘星聽到她的話，也點頭說道：「藤池，妳儘管開口。」

毛色灰白的戰士怯生生地走向空地中央。但是當她開口說話時，語調卻很平穩。「我想若能讓在座各位瞭解當初我們為何加入黑暗森林，應該會有幫助。」她開口道。一星和黑星怒髮衝冠，但藤池繼續說：「原因不是我們對自己的族貓有什麼不滿，也不是因為我們不相信戰士守則。而是我們以為可以學到更多有利於部族的戰技。來自黑暗森林的貓進到夢裡找到我們……再藉口幫忙解決我們一些私底下的煩惱，提供截然不同的訓練方式。」她瞥了鴿翅一眼。鴿翅眨眨眼，突然警覺到，**莫非她私底下的煩惱來源是我？**而一旁樺落和其他貓兒也都點頭附和。

「鷹霜找上了我，」藤池繼續說道，「他讓我相信，若想為雷族貢獻一己之力，最好的方法就是和黑暗森林戰士一起接受訓練，變得更英勇、更擅長打鬥，更忠於族貓。他讓我相信……自己很重要。」她停頓了一會兒，又繼續說道，「我偷聽到鷹霜和虎星計劃攻擊四大部族，偷偷告訴我的族貓，於是成了間諜，將黑暗森林裡聽來的消息轉告給他們。我知道還有其他部族貓也在受訓，但為了避免引起懷疑，我沒向他們吐露半點風聲。」她轉頭看了她父親一眼。「直到開戰時，我才告訴他們真相。他們立刻跟著我回到族貓那裡，與他們並肩作戰。他們從來沒想過要背叛部族。他們跟我一樣以為自己終於有機會可以成為更優秀的戰士。」

風皮看上去很是得意的樣子。鴿翅巴不得上前耙他的耳朵。她確信他才不是為了想成為什麼更優秀的風族戰士，他只想得到權力和力量。樺落朝鴿翅傾身，彷彿能讀透她的心思。「如果你們可以原諒我們當中的其中一個，就應該全都原諒。」他喵聲道。

黑星勉強撐起身子，站了起來。「妳說得很好，」他厲聲道，「妳是藤池，對吧？」他仔細端詳她，眼有愁色。「可是我親眼看見我的族貓互相攻擊，這怎麼可能叫做忠誠？或所謂更優秀的戰士？」

「他們向我們保證可以用不同方法效忠部族。」藤池堅稱道。

「我相信妳。」霧星喵聲道，「謝謝妳，藤池。」

一星在地上蹭著前爪。「我不需要知道風皮當初為何做出那樣的決定，我只需要從現在起完全相信他，而我也做到了。」

黑星搖搖他那顆白色的大頭顱。「我不知道自己能否同意他的說法。」他避開虎心和鼠疤的目光，後者氣餒地望著他。鴿翅突然緊張。**虎心的下場會如何？**她知道他對影族忠心耿耿。黑星繼續說道：「我們對這些貓兒的看法似乎不太一樣。」他的語氣困惑，似乎不解何以四大部族的默契不見了。

「這不無道理，」棘星喵聲道，同時望著風皮，「至少現場就有個戰士曾幫忙黑暗森林的戰士攻擊雷族貓，這完全違反戰士守則，我看不出來他有什麼苦衷。」

「風皮從不曾背叛自己的族貓，」一星喵聲道，「這是戰士守則的基本精神，不是嗎？而且他是我的戰士，該怎麼處置他，由我來決定。」

霧星點點頭。「我同意我們應該各自處置自己的族貓，畢竟我們最瞭解自己的戰士。」

黑星貼平耳朵。「可是我們必須行動一致，否則有失公允。」

「影族的事不需風族插手決定！」一星呸口道。

「四大部族只有在聯手對付黑暗森林時才能和平相處，」棘星喃喃說道，「一旦戰事平息，就開始內訌。」

蛾翅從霧星後面走出來，站在貓群中間，身上布滿星光。「我提議這些貓兒都對戰士守則重新起誓，」她喵聲道，「他們曾經走錯路，但現在必須回到正途。我們不需要懲罰他們，因為四大部族再也經不起任何損傷，可是應該有一些明確的動作告訴我們可以再相信他們。」

鴿翅吁了口氣。這顯然是個解決的辦法。從族長們一致點頭的情況來看，似乎都同意了。鼠疤彈動著他那條布滿棕色斑紋的尾巴。「我們現在……就要在這裡起誓嗎？在別族的貓面前？」

「不用，」棘星喵聲道。「我想這應該由各部族自行執行。你覺得怎麼樣？黑星？」他追問道。

老貓等了一會兒才開口回答：「回到營地，我馬上進行。」

一星垂下頭。「我也是。」

鴿翅對風皮的一股怒火又再度燃起。她曾親眼看見他粗暴地攻擊雷族貓，他根本沒有任何高尚的品德可言，不值得大家的原諒。**不過至少我父親和藤池可以重新被族貓們接納，**她心想，**畢竟我們必須趕在禿葉季之前重建營地，恢復體力，事情太多了，哪有時間再去擔心大戰役之前曾發生的事。**

貓兒們開始魚貫離開空地。虎心走近鴿翅，用詢問的眼神捕捉她的目光。但鴿翅別過臉去。在她心裡，他已經是過去式，就跟黑暗森林之戰一樣。

第五章

「請所有可以狩獵的成年貓過來集合！」

棘星的話在崖間迴盪，貓兒紛紛從建了一半的窩穴和刺藤圍籬處現身。現在的時間還很早，黎明巡邏隊還沒出發。月亮仍傍著淺灰的太陽。

鴿翅抬頭望向擎天架上的暗色虎斑貓，不禁好奇以領導者身份召集族貓的感覺是什麼。不過就算這項職務不好當，他也沒有表現出膽怯的樣子。

貓兒們呵欠連連、毛髮凌亂地站上空地，棘星朝亂石堆下方走到一半，停下腳步。

「四大部族的族長已經決定，曾在大戰役裡支持黑暗森林的貓兒必須重新對戰士守則宣誓效忠。」低語聲在族貓間響起。棘星抬尾要他們先別作聲。「宣誓之後，過往一切從此遺忘，只向未來展望。這個部族若想從廢墟裡重生，就一定得團結，更何況禿葉季正在眼前虎視眈眈。大家都明白了嗎？」他俯瞰群貓，鴿翅注意到有少數貓兒貼平耳朵，其中包括塵皮與莓鼻。

「你要求我們原諒的事情太多了。」塵皮喵聲道，有幾隻貓兒點頭附和。

「雷族貓並沒有幫黑暗森林戰到最後一刻，」棘星指出。「當他們得知新盟友的真面目時，立刻轉向投效自己的部族，在我看來情有可原。」

塵皮的表情並不滿意，莓鼻在罌粟霜的耳邊嘶聲低語。鴿翅看著她的父親。樺落、刺爪、鼠鬚和花落，還有藤池都遠遠地站在另一邊，緊張地夾著尾巴。

「希望這方法管用。」蜂紋嘀咕道。鴿翅將尾尖擱在他肩上。**我也希望。**

棘星朝五隻貓兒點點頭。「來吧。」他邀請他們，同時走下岩石，站在空地上。那幾個戰士排好隊伍站在他們面前。棘星乍看之下有點緊張。鴿翅這才想到他們當初並沒有決定儀式的進行方法，棘星怎麼知道自己在儀式裡該說什麼呢？

「雷族戰士們，」他開口道，「只有你們自己最清楚當初是基於什麼理由才被說服加入黑暗森林。但不管理由何在，也不管他們曾經允諾你們什麼，現在都不重要了。唯一重要的是，你們忠於部族，也忠於戰士守則，至於其它不再重要。」他的語調沉重。

五隻貓兒點點頭。棘星想了一會兒，又繼續說：「請跟著我說：從此刻起，我是真正的雷族戰士，忠於我的族貓，忠於戰士守則，直到時辰已到，回到星族天家。」

樺落率先開口，其他貓兒隨後加入，整個起誓過程有點笨拙，窘迫到毛髮都豎了起來。鴿翅很是憤慨藤池必須在族貓面前起誓。她冒了生命危險去暗中監視黑暗森林！還有什麼比這一點更能向棘星證明她的赤膽忠心？

貓兒們唸完誓詞，棘星甩打尾巴說道：「這個部族的分裂到此結束。」他正式宣布，「你們都知道雷族若要再度強盛，自己必須扛起什麼責任。請堅持下去，也願星族點亮你們眼前的路。」他抽動耳朵，示意會議結束。大部份的貓兒都回到自己的窩裡梳洗或參加巡邏隊，但仍有幾隻集結成群，莓鼻和塵皮也在其中。

「我們真的應該原諒他們和遺忘這一切嗎？」莓鼻駁斥道。「要是他們沒有洩露我們營地裡的機密，黑暗森林也許根本無法發動攻擊。」

鴿翅不敢相信竟然有族貓會有這種想法，但罌粟霜正在點頭，嘴裡咆哮道：「那些貓兒需要證明自己可以被信賴。」然後一臉恐懼地環顧四周，彷彿以為樺落隨時可能找黑暗森林的貓進入營地。

塵皮傾身說了幾句話，但是鴿翅聽不見。她憤怒地撇撇嘴，**我的耳朵到底出了什麼問題？**她覺得她的頭很痛。**我到底怎麼了？**她必須找獅焰和松鴉羽談一談，看看他們是不是也喪失了異能？她瞄見獅焰朝她走來，於是開口問他能否單獨聊一聊。這時煤心穿過空地跑了過來。

「獅焰，我不是告訴你今天休息一天嗎？你得等到腳爪的傷好了，才能出去巡邏。」

鴿翅這才發現獅焰走起路來一跛一跛，很小心地保護著那隻因挖墳而受傷的腳爪。「沒事，」他低吼道，「別再嘮叨了。」

煤心瞇起眼睛。「不要把氣出在我身上。」她出言警告，彈動尾巴，「你應該去找松鴉羽看看傷口有沒有感染。」

「我現在沒那個時間，」獅焰咕噥道。「我們得趁天氣還可以的時候快出去狩獵。」他抬頭看著天色，此刻烏雲正在聚攏，而且低到幾乎快觸及樹頂。

「那我跟你去。」鴿翅提議道。這樣一來，也許他們能有機會聊一聊。

「我和你們一起去，」煤心喵聲道，「來吧，我們去跟松鼠飛說我們要去狩獵。」

她連跑帶跳地躍過空地去找副族長。獅焰看著鴿翅。「妳還好嗎？」

「不是啦，我……」

鴿翅中斷談話，因為藤池正從戰士窩裡出來。「嘿，你們要去巡邏嗎？我可不可以一起去？」她快步走來，蓬起毛髮。「做什麼都好，只要能讓自己暖和起來，這風好冷哦。」

「當然可以。」獅焰喵聲道。這時煤心回來了，於是他們往營地外面走。獅焰帶頭，鴿翅看著他蹣跚跨過一堆鬆垮的刺藤，不禁皺起眉頭。她從沒見過他久傷不癒。

他們抵達山谷上方的一處蕨叢，各自分開尋找獵物。鴿翅隱約聞到老鼠的氣味，於是低頭嗅聞地面，沿著小徑爬行，蕨葉輕拂背脊。她繞過一棵白蠟樹，正要搜尋新鮮的氣味時，突然有腳步聲在她身後響起，藤池一躍而過，落地逮住一隻松鼠。

灰白色的母貓張口致命一咬，隨即坐起，抹去鬍間鮮血。

「好厲害！」鴿翅喵聲道。

藤池偏著頭。「我不相信妳沒聽到松鼠跑到樹下的聲音，」她喵嗚道，「牠差點跳到妳頭上。妳的耳朵是被青苔塞住了嗎？」

鴿翅尷尬到全身發燙。「我……我在追一隻老鼠。」

她妹妹站起來，用腐葉蓋住獵物。「快去吧，以免追丟了。」她喵聲道，可是鴿翅聽得出來她的語調有點緊張。**藤池發現我正在失去異能嗎？**

她鑽進蕨叢裡，蕨葉隨即在她後方闔上，令她頓時感到輕鬆許多。沒多久她又聞到老鼠的氣味，趁牠正在啃豆莢時逮住了牠。「感謝星族賜給我們食物。」她按住棕色的小屍首默默禱告。

她又去搜找別的獵物，但一直到獅焰召集大家回去，她都沒再抓到任何獵物。獅焰的腳下有隻鴿子，煤心站在他旁邊，嘴裡叼著一對剛出生的田鼠。鴿翅對自己的收穫不豐感到不好意思，尤其藤池這時又拖著那隻松鼠從蕨叢裡出來。

獅焰很是讚許地點點頭。「天氣再轉冷一點的話，我們就得再多抓點獵物了。」他喵聲道，「大家都做得很好。」

他們折回營地。雖然獅焰一路繃緊肩上肌肉，盡量不讓自己跛行，但還是跟不上隊伍，落在後面。鴿翅配合他慢下腳步。等到煤心和藤池消失在轉角處時，她才放下嘴裡的老鼠，轉身面對金色虎斑貓。

「獅焰，我必須找你談一下。」

他老大不願意地放下鴿子，等她開口。

鴿翅深吸一口氣。「你會不會覺得我們正在失去異能？」她無視他眼裡的憤怒，繼續說道：「我再也不像以前一樣擁有超敏銳的聽覺和視覺。看在星族的份上，你也被樹根扎傷。至於松鴉羽似乎被什麼事情嚇到了。會不會他也不再有能力進入別的貓兒的夢裡？」

獅焰將一隻大腳踩在死鴿子的灰色胸窩上。「大戰役折損了我們很多戰士，」他喵聲道。

「誰也不知道什麼時候可以完全復原。」

「可是這跟戰場上是否受傷沒有關係。」鴿翅反駁道。「這是另外一碼事。我體內起了變化，我說不出來，可是我知道我變得跟以前不一樣了。」

獅焰還是盯著他腳下那隻鳥。「如果你擔心，就去找松鴉羽談。這種事他懂得比我們多。別忘了，我們是預言的一部份。我不覺得這會有什麼改變。」

鴿翅很想質疑他，但他已經叼起鴿子，明白表示談話結束。他笨拙地縮起那隻傷口被感染的腳，沿著小徑快步離開，消失在蕨葉叢裡。鴿翅也拾起老鼠，跟了上去，尾巴可憐兮兮地拖在地上。

ϟϟϟ

「松鴉羽！」崖底的冷風拍打鴿翅的毛髮，她冷到全身發抖，於是往刺藤叢挨近，彷彿想靠它們來擋風。「松鴉羽！我得找你談一談。」

「是嗎？現在就要談嗎？」對方不耐地回答。

鴿翅提起精神。「沒錯，就是現在。」

「那妳最好進來，不過千萬別碰到任何東西哦。」

她鑽進刺藤叢，停下腳步，等著眼睛適應洞裡的幽暗。沙地上鋪滿成堆的藥草。有些很新鮮，仍有草腥味，有的則已經枯萎，乾乾癟癟，像黑色的鬈狀物。松鴉羽正蹲在狐躍旁邊，後者閉著眼睛，側躺在青苔臥鋪上。巫醫貓正在剝開戰士肚子上乾掉的草藥泥。

鴿翅往後退一步。傷口上傳來的惡臭味令她招架不住。「我的星族啊！」她低聲道。

「是啊。」松鴉羽冷冷地附和，頭也沒抬地伸出一隻腳爪，熟練地挖了一勺剛嚼爛的葉子。「妳找我什麼事？」他咕噥道，同時將葉泥往仍流著膿水的傷口敷。

鴿翅試著不摀住口鼻。「狐躍會覺得痛嗎？」她問道。

「感謝星族，他不會。」松鴉羽回答道。「我讓他服用了罌粟籽，盡量讓他昏睡，他也很少醒過來。我希望他保持昏睡狀態，直到傷口癒合為止。鴿翅，有什麼問題嗎？妳應該看得出來我很忙。葉池出去採集藥草了，亮心到育兒室幫忙照顧栗尾的小貓，而薔光跟著黛西到林子裡去活動筋骨了。」

鴿翅朝他靠近。「我覺得自從大戰役過後，我好像出了一點問題，」她開口道，「我的感官能力有了變化。我意思是，它們不見了。我可以像其他貓一樣看得見和聽得見，但僅止於此。就連獅焰的腳爪也受傷了，以前不會發生這種事。所以我想知道你是不是也注意到自己的異能退化了。」

松鴉羽僵在原地，擱在狐躍傷口上的那隻腳爪突然動也不動。然後耳朵抽動了一下。「鴿翅，這問題等以後再談。先讓我好好治療狐躍，以及其他需要我治療的貓兒。妳會覺得痛嗎？」

鴿翅搖搖頭，但隨後想起松鴉羽根本看不到她，於是趕緊說：「不痛。」

「那我就不懂我要怎麼幫妳了。我現在的責任是好好照顧這個部族。」他抬高音量，前腳因憤怒而縮了起來。「狐躍不能死！我們已經失去了那麼多貓。為什麼星族還要這樣繼續懲罰我們？」

鴿翅驚慌地瞪看著巫醫貓。「你不能這麼說！我們打敗了黑暗森林。我們贏了這場仗！」

「真的嗎？」松鴉羽齜牙咧嘴。「我感覺不到。我現在只能眼睜睜看著我的族貓在我面前死去，我卻什麼忙也幫不上。」

「你沒辦法讓他們起死回生。」鴿翅低聲道。

「那麼有異能又有何用？」松鴉羽嘶聲道。他彎下身子，挨近狐躍的肚子，腳爪輕輕敷抹藥泥。「妳走吧，鴿翅。等我不用試圖救治戰士的性命時，再來找我說話。現在沒有任何事比救命更重要了。」

鴿翅蹒跚步出窩穴，站在空地邊緣，任冷風吹涼她炙熱的身軀。她很確定松鴉羽不太對勁。單純只是因為部族折損了太多貓兒？還是他知道他們的異能出了問題？

「鴿翅？」一個聲音從長老窩那裡傳來。是波弟，他那雙黏糊糊的眼睛正覷著她看。現在的育兒室修復好了，黛西和亮心已經帶小貓們離開了長老窩。「我想我背上有壁蝨，可是我搆不到。」老貓抱怨道。

「好吧，我幫你看看。」鴿翅喵聲道。現在營地裡沒有見習生，這種工作只能由戰士們代勞分擔。雖然鴿翅知道幫波弟抓壁蝨是莓鼻的工作，可是他出去巡邏了。既然她就在營裡，那就由她來代勞吧。她跟著公貓走進窩裡，等動作遲緩的他在臥鋪裡坐定。

「唉，我都快冷到骨頭裡了。」他出聲抱怨，同時將腿塞進身子底下。

「要不要我幫你塞點羽毛在臥鋪裡？」鴿翅提議道。

波弟眨眨眼。「等妳有時間再說吧，我知道你們都很忙，好多貓兒還沒完全康復。」

鴿翅的前爪一路摸索著他那瘦骨嶙峋的背脊。「我們都還好，只有狐躍還在危險期。」當她摸到那隻壁蝨時，波弟哼了一聲。「找到了！」她大聲說道。「我放點老鼠膽汁上去，它馬上就會跳走了。」她正打算離開時，波弟用下巴示意她回來。

「那不急，」他粗聲說道。「先陪我聊聊。鼠毛走了之後，這裡就變得空蕩蕩的。」他凝視著廢棄的臥鋪，雖然冰冷而且積了一層灰，但仍清晰可辨以前鼠毛久臥的痕跡。「我很想她，」他喃喃說道，「她以前很愛發牢騷，但是她心地很好。至少她是為了保衛部族才犧牲了自己的性命。她死得其所，也算遂了她的心願。」

「是啊。」鴿翅應和道。

「所以為什麼大家還是看起來那麼慘兮兮的？」波弟哼了一聲，用前腿撐起身子。「每次我走到外面，就感覺我們好像還在舉辦葬禮一樣。難道他們忘了我們已經趕走那些壞蛋？這裡已經沒有黑暗森林的貓了，不是嗎？」

鴿翅不知道該說什麼。「我……我想我們是覺得自己失去了很多東西。」她結結巴巴。

「那我們贏到的東西呢？」老貓質問道。「難道鼠毛的犧牲……或任何一隻貓兒的犧牲一點意義也沒有嗎？我們表現得好像我們失去了所有一切，這對他們來說是一種侮辱，沒錯，就是侮辱。」他咳了起來，身子又陷進臥鋪裡。「對不起，小姑娘，我失態了。」

「你沒有，沒關係，波弟。」鴿翅喵聲道。她伸出前爪，撫順公貓凌亂的毛皮。「你說得沒錯。我們是贏了。我們應該向戰場上隕落的族貓們致敬，因為我們知道他們沒有白白犧牲。

現在我先去幫你拿老鼠膽汁。」

她站起來，鑽出窩穴。斗大的雨滴打在身上，她低著頭，朝松鴉羽的窩穴跑去。她希望他不會介意她自己準備膽汁。但就在她正要趨近窩穴入口時，可怕的悲嚎聲傳來，嚇得她停下腳步。

「不，狐躍，別死！我已經盡全力了！哦，星族，為什麼不讓我救活我的族貓？」

松鴉羽的悲痛語調聽在鴿翅的耳裡很是不忍。這種痛沉重到誰都承受不起。更何況是塵皮。一開始是他的伴侶貓，現在是他兒子，全都死在黑暗森林的手裡。他的心情怎麼可能平復？鴿翅腳步踉蹌，葉池這時從她旁邊經過，嘴裡葉子掉落一地。

「松鴉羽！怎麼了？」母貓鑽進刺藤叢裡。接著鴿翅就聽到一聲哀號。「哦，不，狐躍！」

「星族把他帶走了。」松鴉羽低聲咆哮。葉池開口低聲安慰他，鴿翅只能轉身蹣跚離開，心念俱灰，差點撞上正要去生鮮獵物堆的灰紋，後者的毛髮在冷風中翻飛。

資深戰士一臉驚訝地低頭看她。鴿翅忿忿不平地說：「黑暗森林還是沒放過我們，狐躍死了。」

第六章

「咳咳咳——對不起，」沙暴氣喘吁吁地說，然後又大力咳了起來。「咳咳咳！」

睡在鴿翅旁邊的蜂紋被吵醒。「她咳得這麼嚴重，聽了好難過，可是她吵得我們都不能睡。」他喃喃說道，溫暖的鼻息吐在她頸間，「也許她應該去找松鴉羽看個病。」

「我相信她一定也這麼想。」鴿翅咕噥回答，缺乏睡眠的雙眼眨呀眨的。她也希望沙暴能夠安靜點，但她對這隻已連續三個晚上吵得他們不能睡的可憐母貓只有同情。

一個暗色身影從鴿翅鼻口旁邊刷拂而過。「沙暴，這是浸了水的青苔。」罌粟霜催促道，然後就聽見擠壓的聲音，她將青苔擱在母貓的臥鋪旁。「這或許有點幫助。」

「謝謝你，」沙暴粗啞說道，「我覺得對大家很不好意思。」鴿翅聽見她在吸吮青苔的水，窩裡隨即安靜了下來，她也安穩地進入了夢鄉。

鴿翅只覺得自己才閉上眼睛一會兒，松鼠飛就站在她面前，用前爪戳她。「起床了，瞌睡蟲。我要妳當黎明巡邏隊的領隊。」

鴿翅蹣跚爬起，跟著副族長走出窩穴，進入帶著霜寒的清晨空氣裡。自從大戰役過後，已經過了快一個月，禿葉季像層冰似一樣覆上整片林子。鴿翅渾身發抖，鼻息如裊裊雲煙吐在冷空氣裡。

蟾蜍步走過來與她會合，在晨光裡瞇起眼睛。「我已經不記得夜裡好好睡一場覺是什麼時候的事了。」他咕噥道，「如果沙暴今天再不去找松鴉羽看病，我就要親自押她去。」

鴿翅沒有力氣爭辯。聽完松鼠飛的指示後，她就帶著蟾蜍步、榛尾和玫瑰瓣走出剛重新蓋好的營地入口，朝與河族臨界的湖邊邊界走去。高地空無一物，寂靜無聲，薄霧瀰漫。巡邏隊回到了營地，路上並沒看到任何敵營戰士的蹤跡。空地上充斥著貓兒，不是在分食獵物、就是在伸展冰冷的四肢，或者小聲交談。沙暴站在角落，正拱著背咳嗽。

「棘星！」莓鼻向族長喊道，「你可不可以叫沙暴今晚睡在長老窩裡？她不能再這樣每晚咳得我們不能睡，我們會沒有精神出外巡邏。」

鴿翅注意到波弟耳朵豎了起來。

棘星狐疑地看著沙暴。「妳認為呢？移到長老窩，夜裡就不必擔心吵醒其他戰士，這樣會不會讓妳好得快一點？我知道我們正計畫蓋第二座戰士窩，讓大家有更多的空間，但還需四分之一個月才能完成。」

沙暴的綠色眼睛閃過一絲不滿。「我只是有點白咳症！」她粗啞說道，「你是在告訴我，我現在只能去當長老了嗎？我還可以服事我的族貓好幾個月！」

她話裡隱含著某種恐懼，鴿翅能夠感同身受。**我懂她的感受。我也不知道自己的異能出了什麼問題，但這也讓我覺得自己變得很沒用。**她已經好幾天都抓不到端得上檯面的獵物。每次邊界巡邏時，只要她繃緊神經想聽出動靜，耳朵就會發痛。一個微弱的聲音在她心裡響起，**要是妳的異能再也回不來了，怎麼辦？**可是鴿翅不願去想。**如果我變得又聾又瞎，我要怎麼服事我的部族呢？**

棘星緩步走向薑黃色母貓，鼻口抵住她的肩膀。「沒有貓兒要求妳退休，」他向她保證，「我只是希望妳在禿葉季時把身體養好。要是妳吵得其他貓兒不能睡，起碼也得為他們想一想。」

沙暴抬起頭。「我會請巫醫貓給我一點蜂蜜。」她抽著鼻子說道，「我不會有事的。再說為什麼不讓我睡在見習生窩裡，反正現在那裡也空著，不是嗎？這樣一來，我就不會吵到其他貓了。」

波弟的肩膀垂了下來。鴿翅在想自己是不是該提議她睡在波弟旁邊的鼠毛臥鋪裡。現在降霜了，他獨自睡在那裡一定很冷。但她還沒來得及開口，莓鼻就上前一步。

「戰士窩現在有點擠，」他對棘星喵聲說道，「如果波弟願意的話，我和罌粟霜很樂於跟波弟睡同一個窩。」

老虎斑貓眼睛一亮。「很高興你們來借住，」他喵聲道，「我現在就去整理一下臥鋪。」他趕緊離開，尾巴豎得筆直。

「莓鼻和罌粟霜真是好心。」鴿翅低聲對站在身邊的藤池說。她妹妹瞇起眼睛。「妳這麼認為嗎？搞不好只是不希望跟殘忍的黑暗森林貓兒睡得太近。」

鴿翅訝異地看著她妹妹。「可是你們重新起誓已經快一個月了，現在應該已經獲得大家的原諒了，不是嗎？」

「有些貓兒還是耿耿於懷。」藤池低吼道，「妳難道沒看見塵皮寧願等生鮮獵物堆裡最好的獵物都被挑光了，也不願跟我們其中一位一起進食嗎？」她緩步走開，尾巴在落霜的地上留下淺淺的印子。

「我們也會去睡長老窩。」櫻桃掌開口說道，同時向她弟弟錢鼠掌點頭示意。

鴿翅心想，**會這樣提議也不無道理，畢竟罌粟霜和莓鼻是他們的父母**。但這時她卻看見錢鼠掌瞪了樺落一眼，心情不禁一沉。自從大戰役過後，這些貓兒就只是全心服事部族，為什麼還是對他們耿耿於懷？

「沒關係，」松鼠飛對年輕的貓兒說，「我陪沙暴睡在見習生窩裡，這樣一來在新窩蓋好之前，就能先騰出更多空間給戰士了。」沙暴正要開口反對，松鼠飛愛嬌對她母親眨眨眼，「不管妳喜不喜歡，我都要陪妳睡，」她喵嗚道，「妳自己睡在那裡太冷了。」

貓兒們分頭去準備新的臥鋪，營地裡又是一陣忙亂。鴿翅留在原地不動，彷彿四隻腳被凍在草地上。她的耳朵又在嗡嗡作響，心跳跟著加快，表情難掩落寞。戰士們分居不同的窩穴，感覺像是一種惡兆。儘管他們曾協力讓部族倖存了下來，但這個部族正在分崩離析。難道他們忘了當初的大戰役？還是她的族貓們決定只顧著質疑誰夠不夠忠心，完全忘了當時是靠大家的齊心協力，才能趕走黑暗森林的攻擊者？

「鴿翅？妳還好嗎？」白翅仔細端詳她，眼帶憂色。

鴿翅甩甩身子，水霧從她身上飛濺出去。「我沒事。」

「跟我去拿青苔好嗎？」白翅提議道，「我好像很久沒有陪陪妳了。」

她們鑽過新建的荊棘圍籬，看來新的荊棘入口比以往多刺，也更緊密紮實。然後她們再快步走下通往湖邊的斜坡。這條可以撿拾青苔的小徑，也剛好會經過死者的埋葬處。鴿翅慢下腳步，望著已被銀色冰霜覆蓋的墳塚。「你們知道我們發生了什麼事嗎？」她低聲問，「你們會不會覺得自己的犧牲很沒意義？」

「哦，女兒，你不會真的這麼想吧？」白翅喵聲道。

鴿翅嚇了一跳。她完全沒聽見她母親走過來的腳步聲。**我當然聽不見，我什麼也聽不見了。**她深吸口氣。「自從大戰役過後，事情每況愈下，」她承認道，「曾誤入歧途的戰士竟得到比惡棍貓還慘的遭遇。族貓們好像都忘了這些貓兒犧牲性命，才換來我們的勝利。」她始終無法鼓起勇氣表明自己的異能也出了狀況，畢竟那是她得獨自面對的問題。

白翅將尾巴擱在鴿翅的背脊上。「所有戰役都會留下一些很深的創傷，不管有形或無形，而創傷需要時間去治療。鴿翅，妳很清楚這一點，千萬不要放棄希望。」她轉身朝下方湖水走去，隔著林間樹幹，猶可見到波光粼粼的湖面。

鴿翅望著她的背影，想起了在巫醫窩裡感染致死的狐躍。**有些傷口不管你怎麼治療，都不**

會痊癒。

⚡⚡⚡

現在是大集會之夜。山谷上方掛著一輪白色明月，貓兒們的身影被染成銀白，在地面上投射出稜角清楚的陰影。這是大戰役結束之後的第一次大集會，也是第一次有機會看看他們曾並肩作戰的其他部族遭遇如何。只不過雷族貓的心情還是很陰鬱，甚至有點不甘心。莓鼻正在對蟾蜍步小聲抱怨，鴿翅離他很近，可以輕易聽到他的談話。

「我不敢相信蜂紋竟然要帶花落和刺爪一起來。他是想讓大家看見我們部族裡的叛徒嗎？」

蟾蜍步彈彈那條黑白相間的厚重大尾巴。「別的部族早就設法宰了大多數的叛徒，」他嘶聲回答，「也許我們也該這麼做。」

鴿翅跳上前去。「你們應該明白在抗敵的時候，你的族貓並沒有做出什麼對不起你們的事！」她呸口道。

「鴿翅！別說了！你們到底怎麼回事？」松鼠飛快步過來，擔心到毛髮都豎了起來。

鴿翅抽動耳朵，不想讓蟾蜍步和莓鼻以為她愛告狀。

「只是意見不和而已。」莓鼻喵聲道，同時瞥了鴿翅一眼。「好像有些貓兒認定我們不能有自己的想法。」

松鼠飛瞇起眼睛。「你們看到那輪圓月了嗎？今天是休戰之夜……這也適用於同部族的族貓們。來吧，別遲到了。」她快步走向入口，棘星和其他隊員正在那裡等候他們。鴿翅瞪了莓鼻和蟾蜍步一眼，快步跟上副族長。花落正在等她，眼神不安。「我看到了，」玳瑁白的戰士喵聲道，「妳不必為了我們和他們爭執。就讓時間來證明我們對部族的忠誠。」

「我們是不應該爭執，」鴿翅忿忿不平地說道，「你們都已經重新起誓，更何況你們在大戰役裡，也沒做出什麼傷害我們的事。」

「戰士守則代表一切，」花落提醒她，「所以他們會這麼想也是情有可原。」

她們跟著其他貓兒穿過新蓋好的刺藤圍籬，毛髮不時被扯落，痛得她們擠眼皺眉。「要是這些圍籬的刺還這麼多，我們早晚會變成禿頭。」灰紋抱怨道。

貓兒們往下走進林子，通往湖岸，鴿翅快步追上蜂紋。稍早之前他們一起沐浴在難得出現的晨光裡。她覺得好溫暖也好愛他。「等等我！」她喵嗚道

灰黑色大公貓停下腳步回望她。「快啊，短腳貓！」他逗她道。

他們跟著其他貓兒一起抵達湖岸，再轉向沿著礫灘而行。礫石在月光下閃閃發亮，湖浪輕舔腳邊。以前如果碰到這樣的夜晚，鴿翅多半會施展異能，豎耳傾聽其他部族準備出發的聲響。他們也對這次大集會感到惶恐嗎？可是她的耳朵只充斥著礫灘上的腳步聲和水浪在湖岸的刷洗聲。

鴿翅皺起眉頭，更全神貫注地聽。**我一定能聽到一點聲音！我的感官異能需要時間從戰爭中復原。我必須讓獅焰和松鴉羽告訴我他們的情況。要是我們失去了異能，該怎麼辦？**這時她的腳突然踩到一根樹枝，整個身子往前撲倒，要不是蜂紋用肩膀從下方及時扶住，她一定會摔

趴在地上。

「妳還好吧？」他問道。

「我沒事啦。」鴿翅沒好氣說道，「我只是沒看見暗處有根樹枝。」她注意到他耳朵貼平。因為她的語氣不好，令他很受傷。她感到愧疚。就算她不能告訴他目前她所面臨的問題，也沒有必要對他惡聲惡氣。「謝謝你扶我一把，」她喵嗚道，「剛剛要是我摔趴在地上，看起來一定比羊還蠢。」

「我永遠都會在妳身邊扶你一把。」蜂紋低聲道，然後用鼻口搓搓她的頭才放開她，默默地與她相偕而行，距離近到毛髮磨蹭著彼此。

第七章

鴿翅一抵達島上空地，注意到的第一件事就是所有曾被黑暗森林吸收的貓兒幾乎都來了。她好奇是不是因為每個族長都想證明自己的部族已經再度團結、忠心不渝。此外，她也覺得其他部族好像對那些曾經背叛的貓兒沒有太大的敵意。不過話說回來，雷族有比較多的背叛者從戰役裡倖存下來。也許原諒一隻貓比原諒很多貓來得容易。

鴿翅看到風皮和鼠疤，發現自己正不由自主地在影族貓兒裡尋找那個熟悉的暗色虎斑身影。她在搜找的時候，突然有戰士移動身子，讓路給正要前往大樹下與其他族長會合的黑星，結果反而讓虎心現蹤，原來他正與鼬毛聊得興起。美麗的玳瑁白母貓抬眼凝視著他，彷彿他正在告訴她什麼天大的祕密。鴿翅努力按壓下心裡的妒意。看見虎心已經得到族貓的原諒，著實令她寬慰。他們曾經有過的那一段已經永遠成為過去式。她現在有了蜂紋。

灰黑色公貓像是聽見她心聲似地走過來找她。「妳介意我們跟花落坐在一起嗎？」他喵聲道。「我不想她孤零零的。」

「當然不介意。」鴿翅回答道，覺得自己突然好喜歡他。他們緩步過去坐在周圍沒有貓兒搭理的花落和刺爪身邊。鴿翅剛好落坐在蟾蜍步旁邊，後者對她撇撇嘴，她只能忍住對他嘶聲回應的衝動。

霧星率先開口，灰色毛髮在月光下閃閃發亮。「河族經過一個月的努力，已經恢復生氣，再度強壯起來。所有戰士都團結一心，努力餵飽部族，確保我們能安然度過禿葉季，以及未來所有季節，我很高興在此宣布花瓣毛已經懷了錦葵鼻的小貓。」她停頓一下，滿臉歡喜地望著正在梳理毛髮的灰白色貓后。「在我們那邊的湖裡，有條很大的狗魚在捕捉體型比牠小的魚，不過湖心想到絕妙的點子，利用石子圍住淺水處，讓狗魚進不來。所以現在我們有很多小魚可以捕捉，生鮮獵物堆隨時滿載。」她垂下頭。「願星族為你們照亮眼前的路。」

她坐了回去，黑星蹣跚站了起來。白色毛皮蒼白到看上去就像是星族成員一樣。「影族一如以往強壯。」他氣喘吁吁地說道，聲音小到貓兒們都得傾身向前才能聽到。「我們已經重建了窩穴，也重劃了邊界。我們的生鮮獵物堆不虞匱乏，所以我們並不擔心即將到來的禿葉季。」但他的眼神並不是這麼說。鴿翅看見他費力呼吸，皺眉不忍。「一度有狐狸跑到最高處的邊界騷擾我們，不過已經被我們勇敢的戰士驅離。」他唐突地坐下，腹部劇烈起伏。

棘星接著開口，然後是一星。他們的演說都很簡短含糊，而且大同小異，除了窩穴和邊界的重建，以及生鮮獵物堆的不虞匱乏之外，其它消息並不多。族長們沒有一個提到大戰役的事或四大部族近來的聯盟，彷彿這段歷史從來不曾存在過。鴿翅瞇起眼睛。**難道這麼快就遺忘了所有事情？那些為我們犧牲性命的貓兒怎麼辦？我們難道不該一起向他們致敬嗎？**

但族長們正一個個從樹上跳下來……只有黑星低下身子，慢慢滑到地面。至於空地上的貓兒早就站起來，急著離開。嚴肅的會議結束之後，沒有貓兒想在這裡多逗留，或互舔毛髮、閒話家常。一星率先帶著戰士們離開，霧星也緊接著離開。棘星彈彈尾巴，示意大家集合，鴿翅發現自己被夾在正要快步過橋、跳上沼澤岸的族貓之間。

「好奇怪哦，」當他們沿著高地下方的礫石灘前進時，獅焰這樣說道：「我猜大家一定認為上個月最精彩的故事就是河族有幾條魚被狗魚偷走了。」

走在他旁邊的煤心一臉若有所思。「也許最好的復原方法就是盡快回到以前的生活方式。我們贏了大戰役，所以不需要改變任何事情。」

蜂紋抽動耳朵。「真的嗎？妳真的認定大戰役沒有改變任何事情嗎？有時候我倒覺得它改變了一切。」

鴿翅同意他的說法。她看見他哀傷地望著走在刺爪前面的妹妹。就因為黑暗森林的關係，雷族從此得一分為二嗎？

他們爬上通往山谷的斜坡，咳嗽聲從林子另一頭傳了過來。前面的松鴉羽加快腳步，步履從容地踏在青苔地上，彷彿眼睛根本沒瞎。「榛尾，妳為什麼還在外面？妳應該找別的貓來守衛。」他仔細嗅聞她，腳爪放在她胸前，檢查心跳。

灰色母貓駝著背，看起來筋疲力竭。「我沒事，」她喘息道，「只是有點咳嗽。」

「天氣這麼冷，只會讓妳咳得更嚴重，」松鴉羽嗤之以鼻地說道，「來吧，妳到巫醫窩裡過夜。」他推她進荊棘叢裡，「棘星，你得找別的貓代班了。」他回頭喊道。

蜜妮上前一步。「我來吧，」她提議道，「反正我不覺得累，而且夜哨時間只剩下一點點了，沒必要再叫醒其他戰士來代班。」

「謝謝妳，蜜妮，」棘星向她垂頭致意，並仔細打量其他貓兒，「還有沒有誰覺得身體不舒服？最好早點接受治療，不要等到嚴重了才說。」

「蟾蜍步今天胃口不好。」罌粟霜喵聲道，同時憂色地瞥了毛色黑白相間的公貓一眼。

「我只是不餓而已。」他嘀咕道。

棘星瞇起眼睛。「如果你明天也不覺得餓，最好去找一下松鴉羽。現在我們都回臥鋪睡覺。像往常一樣，明天一早先去巡邏。」

鴿翅排隊等著鑽進入口，這時聽見亮心對雲尾嘶聲說道：「你為什麼不告訴棘星你喉嚨痛？」

「我保證如果更嚴重了，我就會找松鴉羽。」雲尾喵聲道，同時鑽進縫裡。

鴿翅聽得膽顫心驚。先是部族被黑暗森林害得分裂，現在又是貓兒陸續患病。**哦，星族，救救我們！**

日出時分，鴿翅眨眨眼睛，趕走睡意，蹣跚爬出戰士窩，看見松鴉羽腳步從容地跳下通往擎天架的岩堆。她的心頓時抽緊。

「棘星生病了嗎？」她喊道。

松鴉羽停在她旁邊，搖搖頭。「沒有，他好得很。我只是來告訴他，榛尾恐怕要告假一陣子，不能工作。」他說話的同時，棘星也從窩裡出來，快步下到空地，在那裡弓起背，伸了個大懶腰。

咳嗽聲從崖底下方的窩穴傳來。松鴉羽表情凝重。「我想榛尾是得了綠咳症。她在發燒，我有點擔心她的心跳太快。」

鴿翅身後突然傳來喘息聲，她轉身看見剛下完夜哨的蜜妮快步從入口進來。「薔光呢？如果你窩裡有貓兒得到綠咳症，就不能讓她待在你那裡！」她跑向洞穴。「薔光，快出來！」

過了一會兒，薔光那張暗棕色的臉探出刺藤叢。「怎麼了？」她一臉惺忪睡意地問道。

「榛尾得了綠咳症，妳別待在裡面。」蜜妮下令道，「我們得幫妳找別的地方睡覺。」

薔光用強壯的前腿將自己拖出窩外。一如往常，鴿翅一看到那隻母貓拖著那雙無力的後腿，便不由得難過。「我不介意搬到比較安靜一點的地方睡覺，」薔光自承道，同時爬進空地，「自從可憐的榛尾搬進巫醫窩之後，就一直咳到現在。」她停下腳步，扭身咬背上的一個癢處，「再說，我現在也不需要再待在巫醫窩裡了，不是嗎？我已經沒生病了。」

葉池從窩穴裡出來，嘴裡叼著一坨汙穢的青苔。她放下青苔，看著松鴉羽。「薔光說得沒錯，」她喵聲道，「我們夜裡不需要再照顧她。」

薔光轉身望著棘星，後者剛伸完懶腰，正在舔胸前的毛。「棘星，我可以睡在戰士窩裡嗎？拜託好不好？」

族長皺皺眉。「我不確定有沒有多餘的空間，」他承認道，「那裡現在還蠻擠的。」現在其他貓兒都醒了，也都走進空地弓背伸懶腰，準備展開黎明的巡邏。波弟從窩裡出來，一邊舔順身上凌亂的毛髮，一邊豎耳傾聽大家的談話。「歡迎她住到長老窩。」他喊道，同時朝長老窩所在的灌木叢點頭示意，窩裡正傳來莓鼻和他那一家子的聲響。

薔光的頭氣餒地垂下來。顯然她很希望住進戰士窩。

「這樣好了，波弟，我去你那裡住，薔光就可以睡我臥鋪了。」鴿翅提議道。蜂紋朝她走來，表情驚訝。「可是妳不睡在我旁邊，我會想妳。」

「不會太久啦，」鴿翅告訴他，「你忘了嗎？松鼠飛正打算幫戰士們蓋第二座窩穴。」

「謝謝妳，鴿翅，」薔光喵嗚道，「我可不可以現在就去看我的新臥鋪？」鴿翅點點頭，薔光撐起前腿，將自己拖進戰士窩，消失在裡面，地面上留下長長的拖痕。

沒過一會兒，她又現身了，表情看起來嚴肅。「大小剛剛好，但需要新的墊子，」她說出自己的看法，「可以給我一些鴿子羽毛嗎？」

獅焰垂下頭。「那有什麼問題，老大，還要我幫妳帶點什麼嗎？最上等的生鮮獵物？泡了水的青苔？」他語氣幽默，故意調侃。

花落怒髮衝冠。「薔光的臥鋪必須非常柔軟，」她強調道，「別忘了，她對刺痛沒有感覺。要是身上有傷口，等她注意到的時候，都已經感染了。」

獅焰將尾尖擱在花落的肩上。「我當然懂。松鼠飛，我可不可以出外巡邏，順道幫薔光帶點材料回來墊臥鋪？然後再去狩獵？」

副族長點點頭。「帶鴿翅、藤池和玫瑰瓣一起去，記得要等青苔乾透了才能鋪上臥鋪。可以去抓鴿子，這樣就有羽毛可以用了。」

鴿翅喵嗚出聲，這是她最樂在其中的任務了！

薔光的藍色眼睛閃閃發亮。「謝謝你們，我保證我一定能幫得上大家的忙。黎明時我會叫醒大家去巡邏，等你們出去的時候，我會幫你們檢查臥鋪裡有沒有刺。現在的我非常健康，沒道理不讓我幫忙做點事吧，好歹我也是個戰士了。」

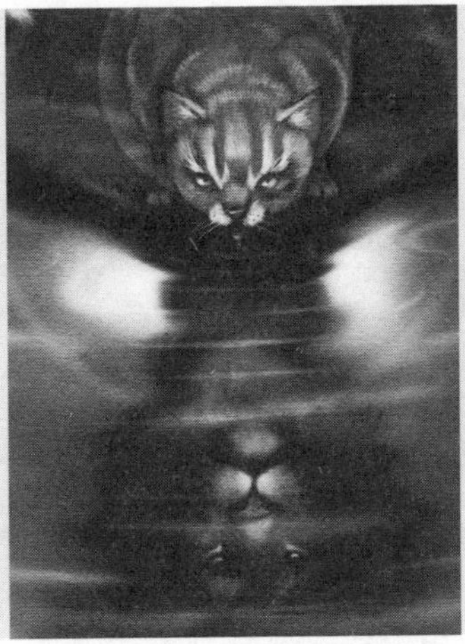

第八章

大集會過後，戰士們只享受了兩個夜晚的平靜，就換成蟾蜍步開始咳嗽不止了。這一次鴿翅對他的同情其實有點勉為其難。**他早就知道自己生病了，卻拖著不去找松鴉羽治療。**

榛尾還在巫醫窩裡療養，但因為蟾蜍步看起來還不是很嚴重，所以松鴉羽和葉池在見習生窩裡幫他安置了臥鋪，跟沙暴一起住在裡面。松鼠飛宣布她會搬回戰士窩，還開玩笑地說就讓夜裡會咳嗽的兩隻貓互相吵醒，應該也算合理。但鴿翅不覺得副族長只是純粹在開玩笑，因為她看到了她眼裡的憂慮。她在擔心會有更多貓兒患病。

葉池站在生鮮獵物堆前，想確保每隻貓兒都能吃得飽。當鴿翅挑了一隻瘦巴巴的老鼠時，葉池立刻伸爪制止。「那隻給我吃，」她喵聲道，「妳和蜂紋可以分食那隻松鼠。」

鴿翅望著那隻肥美多毛的動物。「太大隻

了！」她直言道。「我們可以吃上一整個月！」

「那就找波弟一起吃。」葉池催促道。

鴿翅拖了那隻松鼠走到樹墩處，松鼠的尾巴一路上老搔到她鼻子，她盡量忍住，不打噴嚏。波弟舔舔嘴巴。「大餐來了！」他說道。

「蜂紋，過來一塊兒吃！」鴿翅喊道。灰色大公貓快步走了過來，沙暴跟在後面。

「夠我吃嗎？」她沙啞問道。沙暴看起來很疲憊，瘦到鴿翅都可以數出她身上的肋骨。

「當然夠！」波弟滿嘴食物地呼嚕說道。他移動位子，讓沙暴也來嚐嚐這肥美的松鼠肉。

正在吞肉的老公貓，看見蟾蜍步拖著腳步走進見習生窩，松鴉羽帶著一坨新鮮的墊子跟在後面。「妳和蟾蜍步被安置在同一個窩裡，這做法讓我想起有一年，火星也是把所有病貓安置在破舊的兩腳獸窩穴裡，」他發表看法，「那是很有膽識的決策，他那麼做的目的是為了避免其他貓兒遭到感染。」

沙暴眼帶愁雲，「但這也害他失去了一條命。」她回想道。

「你覺得若有更多貓兒出現咳嗽症狀，我們也會這麼做嗎？」鴿翅一邊剔掉牙縫裡的肉，一邊問道。

沙暴搖搖頭。「應該不會。我不想感染給別的貓，但住在那間冷風颼颼的老窩穴裡，對病情並無幫助。最好還是全都住得離巫醫貓近一點比較好。」她低頭看著自己的腳爪，好像胃口全失。鴿翅覺得自己很糟糕，竟然害她想起過往那段可怕的經驗。

她環顧空地。雖然是日正當中，天空卻雲靄密布，風裡嗅得到雨的氣味。貓兒們個個蜷縮在食物旁，風裡毛髮翻飛得如毬果一樣，完全不像毛色光滑的戰士。這時鴿翅的眼裡捕捉到某個動靜。花落正穿過圍籬，但不是鑽平常的縫隙，而是從入口的另一側鑽一條新路出去。鴿翅背上的毛髮豎了起來。花落是不想讓我們發現嗎？她不免懷疑，於是施展異能，試圖看見母貓在圍籬外面做什麼。她再次失望，因為她什麼也看不到。而除了族貓的進食聲之外，她什麼也都聽不到。她甩甩身子，不再用自己的感官異能。**花落要去哪裡？**只有一個方法可以知道。

她朝分食松鼠的貓兒們點點頭，然後站了起來。「我要去方便。」她低聲對蜂紋說道，以免他跟過來。她從平常的縫隙鑽出去，慶幸那裡的刺已經不再那麼扎。山谷外面正在起風，林木嘎吱作響，雖然樹葉大多掉在地上，卻沒有太多陽光滲進林地。鴿翅快步穿過暗處，循著花落遺留在腐葉堆上的氣味往前走。她的心噗通噗通地跳，耳朵貼平，傾聽各種可能代表危險的聲響。她的耳朵不再有嗡鳴聲，但感官還是很遲鈍。幽暗的森林似乎比平常更可怕和更隱晦。突然間，身後傳來細碎的樹葉爆裂聲，花落撲上鴿翅的後腿，將她撞倒在地。鴿翅蹣跚爬起，旋身一轉。「妳這是什麼意思？」她喊道。

「妳在跟蹤我，對不對？」花落質疑她。「妳為什麼這麼做？妳不信任我？」她的毛髮蓬亂，聲音粗嘎憤怒。

鴿翅看著自己的腳，羞愧到滿臉通紅。「我……我只是好奇妳要去哪裡？」

花落彈動尾巴，「既然妳認定我要做壞事，妳何不跟我一起去。」

貓兒衝進矮木叢，鴿翅飛奔跟上，只覺得樹枝不斷打在臉上。她們進入了舊轟雷路的亮光處。花落沒有慢下腳步，反而轉向，沿著淺色岩面直抵破敗不堪的兩腳獸窩穴。令鴿翅驚訝的是，她竟然在那座爬滿長春藤的窩穴旁剎住腳步，消失在窩穴的一側。**她是去見黑暗森林的貓嗎？**她甩開這念頭。自從大戰役過後，花落就沒再做過什麼令族貓質疑忠誠度的事了。鴿翅快步跟在後面，發現她竟然在廢棄窩穴後方暗棕色的地上彎腰，用一隻腳爪戳著一株乾癟的植物。

「我在找貓薄荷，」母貓咬著牙嘶聲說道，「妳現在滿意了吧。我知道松鴉羽和葉池在這裡種了一些。所以我想看看是不是還有。我們的族貓都在生病，我們必須找方法幫忙治療，以免日後得挖更多的墳。」她的聲音裡有某種絕望。鴿翅很有同感，很是愧疚自己竟然懷疑她。

「我來幫妳，」她感性地喵聲道，緊緊抵住花落的腰側，無聲地道歉。然後低頭在鬆軟潮溼的地面上搜找。還好她終於找到幾根小小的綠色莖桿上仍長著葉子。「妳想這些葉子有幫助嗎？」她問花落。

花落點點頭。「小心地咬下來，」她教她怎麼處理，「把根留在那裡，就會繼續長葉子。」

她們帶著一點收穫往回營地的路上走去。「對不起，」鴿翅嘴裡含著東西說道，「我不該懷疑妳。」

花落停下腳步，放下嘴裡的葉子。「如果是我，我也可能跟妳一樣。」她承認道，「加入黑暗森林是我這輩子犯過的最大錯誤。我……我不確定能不能原諒自己。」

鴿翅挨過身來用鼻口抵住花落的肩膀。「為了我們大家著想，妳必須原諒自己。」她喃喃說道，「我們必須往前走，不能回頭看，才能找新的方法壯大部族。」她的話像石頭落在冰冷的空氣。**這是否也代表我該學會平凡地活著，不再靠異能？**她心裡納悶，**這就像花落的感覺一樣，總覺得若失去了異能，便無法原諒自己。我要靠什麼來服事我的部族呢？**

第九章

鴿翅暫停腳步，喘口氣，才又拖拉著自己的獵物，鑽進荊棘圍籬裡……那是一隻黑鳥，棕色羽毛在一場相當殘暴的獵殺過程中被搞得血跡斑斑。距離她和花落去找貓薄荷，已經又過了四分之一個月。現在有愈來愈多的貓兒在生病。兩個日出之前，小雲前來營地詢問松鴉羽和葉池有無多餘的貓薄荷可供影族的病貓服用，顯然這個疾病已經擴散到雷族領地以外的地方。灰紋跟在鴿翅後面，帶了一隻田鼠回來。

「妳還好嗎？鴿翅？」他把田鼠放在腳下，然後問道。

「我很好。」鴿翅喵聲回答。她拾起黑鳥，鑽進荊棘叢的縫隙裡，出來的時候，剛好看見玫瑰瓣正把她抓到的小兔子放進獵物堆裡。棘星緩步過來迎接狩獵隊的歸來。

「做得好，」他喵嗚道，「我知道現在能狩獵的戰士不多，要保持生鮮獵物堆的不虞匱乏有點難。但我們還是必須盡一切可能餵飽部族。因為如果挨餓，就會很容易生病。」

鴿翅焦慮地看著族長那骨瘦如柴的後腿，還有那雙凹陷的眼窩。她懷疑棘星到底有沒有從生鮮獵物堆裡拿足夠的食物吃，反而讓他的族貓先吃飽。亮心是最後一個從荊棘叢裡出來的貓兒，她嘴裡叼著一隻畫眉，蹣跚地走過來。雖然她為了哺育自己的小貓還有栗尾的小貓，早已筋疲力竭，瘦了很多，但她還是把小貓留給黛西照顧，前來幫忙狩獵。

葉池、莓鼻和罌粟霜緊跟在亮心後面，嘴裡各自叼著包好的草葉。松鴉羽來到空地中央迎接他們，薔光也爬出來幫忙解開包裹。

「你們有找到貓薄荷嗎？」松鴉羽問道，語調很是憂慮。

莓鼻搖搖頭。「你提議的地方，我們都去找了，」他喵聲道，「可是都只剩下枯死的莖梗，真是抱歉。」

松鴉羽抽動耳朵。「又不是你的錯。」

「不過葉池說這東西可能有幫助。」罌粟霜喵聲道，同時將她帶來的藥草包往松鴉羽前面推，方便他嗅聞。

「這是茴香，」葉池解釋道，「我知道它通常用來治療嘔吐，不過我見過有呼吸困難的貓兒服用這個之後，效果還不錯。」

松鴉羽點點頭。「這點子很好。山柳菊也有幫助，不過我不知道我們的領地有沒有這種植物。」

「我明天再去找，」葉池承諾道，「我想到有一兩個地方可能會有。」

鴿翅不由得欽佩族裡的巫醫貓。他們知道所有植物的用途。在他們的高明醫術下，雷族絕對可以打贏這場仗。

育兒室外面忽然傳來吱吱叫聲。「救命啊，救命啊！」小琥珀放聲大喊。「黑暗森林要來抓我！」

鴿翅倏地轉身，毛髮倒豎。結果看見錢鼠掌匍匐地上，伸出沒有出鞘的前爪，要抓小貓。她這才鬆了口氣。小露和小雪也跑來加入。「退後，叛徒！」小雪嘶聲喊道，蓬起白色毛髮，「你說你是雷族貓，但我們知道你的真面目！你只是想殺了我們！」

錢鼠掌弓起背，「哈，看來我雖然發過誓，你還是不相信我。沒錯，我是你最可怕的仇敵！」他撲向小貓，不停甩打尾巴。

鴿翅跳過去，站在淺棕色的公貓前面。「你在做什麼？」她質問道。

錢鼠掌眨眨眼睛看著她。「我在跟他們玩遊戲啊。」他表情無辜地答道。

鴿翅嘶聲道，「你很清楚這不只是遊戲而已。你為什麼要讓這些小貓害怕黑暗森林？我們已經打贏了那場仗。」

見習生斜覷著正在樹墩那裡互舔毛髮的刺爪和樺落。「不盡然吧。」他嘶聲道。

「嘿，」小琥珀哭鬧道，「鴿翅，妳為什麼不讓我們玩遊戲？我們玩得正起勁兒。」

黛西從育兒室裡衝出來。「發生什麼事了？鴿翅，怎麼了？是我要這些小貓出來伸伸腿，呼吸點新鮮空氣。」

鴿翅彈彈尾尖。「我認為錢鼠掌挑的遊戲非常不恰當。」她喵聲道。

乳白色貓后瞇起眼睛。「小貓都喜歡玩打架的遊戲。」她喵聲道，「他們不會受傷的。鴿翅，讓他們玩吧。我相信妳還有很多事得忙。」說完隨即回到育兒室。

錢鼠掌瞪著鴿翅。「你聽見她說的話了。別再多管閒事。」

「錢鼠掌，你知道你自己在做什麼，」鴿翅嘶聲道，「也許你應該好好想想你這麼做對部族有幫助嗎？」她轉身離開，仍然怒髮衝冠。她聽見身後的小貓跳上錢鼠掌，發出勝利的吱喳尖叫聲。

「我們殺了叛徒！」小露大聲宣布，「雷族贏了。」

鴿翅只覺得心一沉。**如果內部再這樣分裂下去，雷族將永無寧日。**

⚡⚡⚡

第二天黎明，松鼠飛告訴貓兒自行組成狩獵隊伍，至於她則得帶隊巡視邊界。她的聲音很弱而且沙啞。鴿翅暗自希望她千萬別病了。等到副族長帶著包含棘星在內的隊員們消失在荊棘叢裡時，剩下的戰士們便互看彼此，面面相覷。

「我可以帶領一支狩獵隊。」罌粟霜提議道。

獅焰和煤心緩步越過空地，加入她的行伍。

「我也跟你們去。」樺落喵聲道。

「其實我是想問蜜妮要不要去，」罌粟霜喵聲道，「不好意思囉。蜜妮，要不要加入我們？」

灰色虎斑母貓有點驚訝，但還是走過去加入他們。鴿翅看見她父親受傷的眼神，心上一陣不忍。罌粟霜怎麼可以這樣？「樺落，我跟你一起狩獵，」她喊道，「刺爪、藤池、鼠鬚、花落，要不要加入我們？」**我不希望這些貓兒因為曾經犯錯就被族貓們排斥在外。**

四隻貓兒前來加入她，鴿翅看見他們眼裡的感激之意，不禁蹙眉。櫻桃掌、錢鼠掌和玫瑰瓣組成了另一隻狩獵隊。於是三支隊伍魚貫鑽出荊棘叢。罌粟霜帶著她的隊員往舊的轟雷路走去。櫻桃掌的隊伍往山谷的邊坡走去，於是鴿翅帶著她的隊員前往風族的邊界，他們爬上坡，那裡的林子日漸稀疏，正好方便搜找地上啄食的鳥。

藤池很快就抓到一隻畫眉，先將屍首藏在一株冬青的腐葉堆底下。鴿翅聞到兔子氣味，想必是剛從高地跑出來。她循著氣味走向河邊，最後停了下來，因為看來那隻兔子似乎躍過了河面，回到風族領地。她失望地轉身回來，去找她的父親。樺落繞過了一隻正在專心咀嚼橡果的松鼠，這隻獵物完全沒注意到有貓兒接近。他們慢慢趨近，腳步輕到一點聲音也沒有，就在離松鼠不到一隻狐狸長之距時，樺落一躍而起，精準撲上松鼠，給予致命一擊，得意洋洋地抬起頭來。

「好厲害！」鴿翅恭維道，「我把牠帶到冬青樹那裡。」她拾起獵物，穿過林子，跟藤池的獵物放在一起。正當她用腐葉蓋住那具毛絨絨的灰色屍首時，突然有雜沓的腳步聲從遠處山脊傳來。鴿翅抬眼望向山坡。

櫻桃掌從矮木叢裡衝出來，毛髮倒豎。錢鼠掌和玫瑰瓣緊跟在後，驚慌失措，毛髮豎了起來，眼睛瞪得斗大。「發生什麼事了？」她喊道。

櫻桃掌剎住打滑的腳步，差點跌在鬆軟的腐葉堆上。「我們……我們……」她停頓一會兒，等呼吸平順了，才眨眨眼睛，盯著鴿翅說：「我們在邊界那裡發現狐狸的氣味，可能是被影族趕出來的那一隻，牠現在想抓更多的貓。」

鴿翅的隊員全都聚攏過來。

「這消息不妙。」刺爪低吼道。

「糟糕的還不只這樣……」玫瑰瓣正要開口，但錢鼠掌打斷了她。

「我們得告訴棘星，」他喵聲道，「或許他可以派支巡邏隊過來追蹤，把牠趕出去。」

「我們現在過去看看。」樺落提議道，花落點點頭。

「我們有六隻貓，」她直言道，「應該能打得過一隻狐狸。」

櫻桃掌用一種鴿翅看不懂的眼神瞥了她哥哥一眼。「這點子不錯，」她喵聲道，「我們去告訴棘星，回頭再來找你們，走吧。」她朝她的隊員彈動尾巴，往山坡下方跑走，錢鼠掌跟在後面，玫瑰瓣也是，後者最後還回頭看了一眼，才消失在蕨叢裡。

鴿翅總覺得怪怪的，她本來想再問清楚，但鼠鬚已經跑上山脊。「來吧！」他喊道，「我們不能讓那隻狐狸太深入領地。」

其他隊員都追在他後面，鴿翅殿後，但心裡仍隱約忐忑。藤池回頭看她。「妳沒事吧？」她氣喘吁吁地問道。

鴿翅點點頭。「等我們到了山脊頂，就停下來，也許我能聽得到狐狸的聲音。」

藤池慢下腳步。「妳確定？」

「我必須試試看。」鴿翅斷聲道。

戰士穿過樹林，爬上通往山脊頂的最後一道陡坡。「等一下！」鴿翅喊道，鼠鬚剎住腳步。

「怎麼了？」他喊道。

「沒事，」鴿翅深吸口氣。「我們先停下來，聽聽看狐狸的動靜或者追蹤氣味。」他們現在很接近邊界，空氣中瀰漫著雷族的氣味記號。鴿翅施展感官異能，直到耳朵開始發痛。什麼也沒聽到，只有其他貓兒的喘氣聲還有樹林裡的颼颼風聲。也許狐狸靜靜躺著，沒有出聲音。

突然間，一陣可怕的尖叫聲傳來。所有貓兒都嚇得跳起來，毛髮豎得筆直。

「那是什麼聲音？」花落倒抽口氣。

「聽起來像狐狸的叫聲，」刺爪吼道，「我們走！」他拔腿往山下跑，穿過蕨叢，蕨葉拍打追在後面的鴿翅臉上。可怕的尖叫聲還在持續，迴盪在林間。**不管狐狸在做什麼，肯定不太開心。**

他們衝進一處空地，那是山脊旁邊的一塊沙地。沙地盡頭有隻母狐狸蹲在那裡，齜牙咧嘴，痛苦地弓著背。鴿翅當場愣住。難道這頭可怕的動物埋伏在這裡打算偷襲他們？

可是狐狸沒有移動，牠耳朵往後貼，對著他們齜牙低吼，卻一直原地不動。

「我的老天！」刺爪在鴿翅的耳邊說道，「牠被陷阱困住了！」

鴿翅仔細打量，這才發現一副銀光閃閃的夾具緊咬住狐狸的前腿，傷口深可見骨。鴿翅深吸口氣。她可以想像那頭動物有多痛。這時一個念頭突然閃現，她的族貓也可能會被這種夾具咬住。

「我們要怎麼辦？」花落嘶聲道，「不能把牠留在這裡。」

藤池壓低身子，爬過空地。「回來！」鴿翅吼道，可是她妹妹沒有停下腳步。

狐狸突然大吼，站了起來，撲向藤池，拉扯著腳下的夾具。就在狐狸的大嘴朝她妹妹咬過去時，鴿翅跳了上去，伸出爪子，精準落在狐狸頸上。下方的刺爪和樺落進攻狐狸的後腿，花落和鼠鬚則猛毆牠的耳朵。狐狸為了活命，拚命反擊。牠已經痛到呈半瘋狂狀態，猛烈擺動，張嘴亂咬，用力甩著自己的腿，力道大到連沉重的夾具都撞上刺爪，害他跌倒在地。藤池趁機鑽進狐狸的肚子底下，緊抓住刺爪的頸背，將他拉出來。刺爪甩甩頭，又跟著藤池聯手從兩側進攻，利牙尖爪盡出，嘶聲嚎叫。

鴿翅爪子戳進狐狸赭紅色的厚重毛髮裡，直到感覺到爪尖觸到那層皮。狐狸左右甩頭，鴿翅被甩得頭暈目眩，但依舊不肯放手。她隱約察覺到空地邊緣出現動靜，於是抬了一下眼，結果瞬間的分神動作害她的抓力頓時鬆掉，狐狸像甩掉蟲子一樣將她甩落。鴿翅被飛拋出去，重跌地上，痛得她倒抽口氣。

一張金黃色的虎斑臉從上方察看她。「別動，妳還在喘。」是獅焰。「煤心，小心看著她。」他指示道，然後就消失了，鴿翅隨即聽見狐狸那裡傳來新的尖叫聲。

她模模糊糊地看見煤心的身影輪廓正俯望著她。「我們聽見騷動聲，就趕過來了。」母貓解釋道，同時抬眼瞥看，皺起眉頭，「我從沒見過狐狸這麼瘋狂。哦，獅焰，不！」

鴿翅奮力坐了起來，煤心幫忙撐住她的肩膀。獅焰蹲伏在狐狸背上，尖牙戳進牠的頸間，鮮血從裂開的耳朵汩汩流出，但他似乎沒注意到紅色液體正流進他的眼睛。下方的刺爪和鼠鬚伸爪攻擊狐狸那隻沒被夾具咬住的前腿，花落和藤池則攻擊牠的後臀。戰士們的聯手攻擊動作十分流暢，他們按著節拍，接力出擊，這使鴿翅想到他們在這方面一定受過很久的訓練，而這種訓練是一般雷族貓企求不得的。

狐狸扭頭猛咬獅焰。煤心準備撲上去。「他會被咬死的！」她嘶聲喊道。

鴿翅掙扎著站起來，伸爪攔住她。「他沒事，」她喵聲道，「他可以的。」

煤心轉身看著她，瞪大藍色眼睛，眼白處盡是恐懼。「可是他已經沒有異能了，他現在會受傷。」

「我知道，」鴿翅喵聲道，「我的異能也消失了，但他還是雷族裡最優秀和最英勇的戰士。煤心，不要奪走他的成就。」

灰色母貓望著鴿翅，緩緩吐了口氣。「妳說得對。」她低聲道。

狐狸又在發出可怕的尖叫聲，但倏地住聲，一陣乾嘔，呸出一大口鮮血，突然倒地。刺爪和鼠鬚及時跳開，才沒被壓到。獅焰從狐狸背上跳下來，站在牠上方，看著牠嚥下最後一口氣。

蕨叢一陣窸窣，棘星衝進空地，後面跟著松鼠飛、櫻桃掌和錢鼠掌。雷族族長一看見狐狸和四周狼狽流血的戰士們，立刻停下腳步。「這裡到底發生什麼事了？」他吼道。

松鼠飛跳到鴿翅這裡。「妳還好吧？」

「還好。」鴿翅氣喘吁吁地說道。她站起來，小心翼翼地試著每隻腳爪，撞上地面的那側肋骨已經瘀青，但其他地方沒什麼大礙。

獅焰用單隻腳爪戳戳那隻狐狸，後者的頭顱無力地垂到一旁，嘴裡又流出一坨鮮血。「牠死了。」戰士多此一舉地大聲宣布。

棘星走了過來，低頭看著那副仍夾在狐狸前腿上的夾具。「櫻桃掌和錢鼠掌說他們發現邊界裡有狐狸的蹤跡。是你們把牠追進陷阱裡的？」

鴿翅緩步上前。「不是，」她喵聲道，「第一支巡邏隊發現牠的時候，牠就已經在陷阱裡了。」她瞪著那兩名年輕戰士，「對吧？」

櫻桃掌心虛地點點頭。

棘星瞇起眼睛。「他們不是這樣告訴我的。」

「他們也不是這樣告訴我們的，」鴿翅喵聲道，「我想他們是想要我的巡邏隊找到這隻還沒死，但已經痛到發瘋的狐狸。」

「他們為什麼要這麼做？」松鼠飛問道。

鴿翅的目光從那兩名表情羞愧的戰士身上移向她英勇的隊員身上。「因為我狩獵隊裡的隊員以前都在黑暗森林裡受過訓，櫻桃掌和錢鼠掌對他們沒有同袍之愛，所以無所謂他們會不會遇到可怕的危險。」

棘星的背毛豎了起來。「她說的是真的嗎？」他質問道。

錢鼠掌不安地蠕動著腳。「我們不知道他們會去攻擊牠！」他哀聲道，「我們只是想嚇嚇他們！」

這時突然一陣騷動，獅焰衝了過來，逼近那兩隻貓。「你們差點害死他們！」他嘶聲道。

櫻桃掌縮起身子，跌在地上。「我們不是故意的。」她可憐兮兮地說道。

「獅焰，你退下。」棘星下令道，「我們回山谷去，和這隻狐狸曾交手過的貓兒都得讓松鴉羽好好檢查一下傷勢。」他轉身氣呼呼地走出空地。貓兒們也跟在後面離開，有的是羞愧難當，有的是因為這場差點害他們喪命的狐狸大戰令他們筋疲力竭，以致於一路上大家都靜默不語。鴿翅的頭仍在暈眩，於是感激地倚著煤心的肩膀，穿過蕨葉叢，下坡往營地走去。

棘星站在營地裡的擎天架上。「請所有會狩獵的成年貓都到這裡集合開會！」他吼道。

貓兒們紛紛從窩裡出來，或放下嘴裡的獵物走了過來，驚訝聲不絕於耳。蜂紋跑向鴿翅。

「發生什麼事了？妳還好嗎？」

她嗅聞他身上溫暖的氣息，藉此撫慰自己。「我沒事。」她喵聲道。

棘星幾乎沒等貓兒們坐定，便逕行開口。他的話像石子丟進池裡一樣擲進山谷。「今天你們當中出了幾位英雄，」他大聲宣布道，「為了保護部族，他們冒著生命危險，義無反顧地率先衝進未知的險境，和最兇殘的仇敵交手，戰勝了對方，我們衷心感激他們。」

低語聲傳遍貓群，大家面面相覷，一臉疑惑。他們錯過了什麼嗎？是別族來襲嗎？

棘星繼續說道：「藤池、花落、鼠鬚、刺爪和樺落，請到前面來。」

五隻貓兒一跛一跛地走到崖底。刺爪的嘴脣有撕裂傷，藤池的眼皮已經結痂。樺落和鼠鬚的毛被扯落了好幾坨。

「你們當中有些貓兒一直在責怪他們曾為黑暗森林效命，」棘星喵聲道，「你們錯了。今天，是他們救了我們一命。他們被騙去……沒錯，被騙去迎戰一隻受了傷的狐狸。我很高興在此宣布，那頭動物已經被擊斃。雷族安全了。如果你們對這幾位戰士有任何想法，也應該是感恩、尊重和極度的忠誠。他們證明了自己願意為你們犧牲性命。未來，你們也得做好準備，像他們一樣願意為族貓們犧牲性命。」

鴿翅環顧四周，看到有幾個族貓似乎很不自在，他們貼平耳朵，蠕動著四隻腳。莓鼻和罌粟霜是其中的兩位。

棘星用那雙琥珀色眼睛掃視族貓。「戰士們，你們必須知道。如果我們不原諒那些曾經為黑暗森林效命的族貓，黑暗森林將永遠立於不敗之地。寬恕的力量大過怨恨和懷疑。唯有團結一心，我們才能像以往一樣壯大。而分裂只會害我們分崩離析。別忘了，黑暗森林一直在伺機等候，隨時準備侵入我們的夢裡。我們之間的敵意和不信任只會給他們可趁之機。你們希望結果是這樣嗎？」

「不希望！」貓兒們異口同聲地說道。

棘星偏著頭。「我聽不見。」

「**不希望！**」雷族大吼道，聲音大到林間樹葉也為之顫動。

棘星低頭祈禱。「偉大的星族，我們感謝你們今日賜勇氣與力量予這些戰士。我們永遠尊崇他們。」

他的禱詞在貓群間覆誦，如微風輕柔。前排貓兒起了一點騷動。鴿翅踮腳看見櫻桃掌和錢鼠掌正往崖底的貓兒走去。

「對不起，」錢鼠掌喵聲道。「我們做錯了，而且打破戰士守則。」

「這種事不會再發生了。」櫻桃掌補充道。

樺落伸出尾巴，搓搓母貓的腰腹。「我相信妳。」他喵聲道。他停頓一下又說道：「櫻桃掌，妳明天願意跟我一起巡邏嗎？」

她熱切地點點頭。「能和你們任何一位一起巡邏，是我的榮幸。」

鴿翅鬆了口氣。

「我還是不懂到底發生了什麼事。不過不管妳做了什麼，我都要謝謝妳，」蜂紋低語道，「這對我來說意義重大。」

他目光溫暖地望著他妹妹，後者被戰士們團團圍繞，都在問狐狸大戰後的她有沒有受到什麼傷。

「我知道。」鴿翅低聲道。她豎起耳朵，因為她聽到獅焰正往窩穴走去。「對不起。」她對蜂紋喵聲道，隨即快步跟在金色虎斑貓後面，在戰士窩的入口處攔下他。「獅焰，我們得談一談，」她大聲說道，「現在就談。」

戰士眨眨眼睛，隨即點點頭。「我知道了，來吧，我們去找松鴉羽。」

巫醫貓正在穴外等候。他沒等他們開口，就把藍色的盲眼移到他們身上，開口說道：「時候到了，我們到營地外談一談。」

三隻貓兒緩步穿過空地，鑽出刺藤叢。松鴉羽領著他們走一小段路，進入林子裡，跳上一棵倒在地上的樹。

「我們的異能已經不見了，」他喵聲道，「自從大戰役之後，我再也不能進入別隻貓兒的夢裡，也不能在他們醒著的時候讀取他們的心思。」

「我現在會受傷。」獅焰喵聲道，語氣聽起來好像他才剛注意到這件事。

「而我再也不是順風耳和千里眼。」鴿翅承認道。她抬起頭，看著她的族貓。「為什麼會發生這種事？」她難過地說道，「是因為大戰役後，部族無法團結一心，所以星族要懲罰我們嗎？還是因為太多貓喪命？我們究竟還是不是預言中的那三隻貓？」

松鴉羽彈彈尾巴。「我不知道，」他低吼道，「可是我想一定可以在某個地方找到答案。你們兩個有空出去走走嗎？」

「當然有空。」獅焰回答，鴿翅也喵聲道，「我想我也有空。」

松鴉羽從樹幹上跳下來。「跟我來。」

第十章

月池像一隻會發亮的銀色眼睛，反照出星光和空盪盪的夜空。鴿翅屏住呼吸，緩緩步下螺旋狀的小徑，感覺自己的腳爪不斷踩在久遠之前就已留下的貓足印上。「好美！」她深吸口氣。

獅焰渾身顫抖。「好詭異哦。」

松鴉羽帶著他們走到水邊，水面光滑如石。「躺下來，閉上眼睛。」他喵聲道。

「會發生什麼事？」獅焰不安地問道。

「星族會來找我們，」松鴉羽回答道，「祂們知道我們失去異能的原因，以及這對預言的意義何在。」他把自己安頓在光滑的岩石上，腳爪塞在身子底下。

鴿翅在他旁邊躺下來，獅焰則躺在他的另一邊。鴿翅看了星光斑斕的水面最後一眼，隨即閉上眼睛。她亢奮到毛髮倒豎。**星族，祢們在嗎？**

風聲呼嘯，灌進耳裡。她嚇得睜開眼睛。

原來她正站在一座山頂，四周是無星的夜空。風吹亂她的毛髮，冰涼的感覺從腳下硬石滲進體內。她旁邊的獅焰和松鴉羽，都在強勁的山風裡側著身子，試圖保持平衡。

「這裡是星族嗎？」鴿翅吼道，音量蓋過風聲。她本來以為這種地方應該……祥和一點。

「不是，」松鴉羽吼回來，「我不知道我們在哪裡。」

偉大的星族！這裡不會是黑暗森林吧？鴿翅頓時緊張起來。

獅焰用尾巴指著岩原的邊緣處。「你們看！」

有兩個身影正從黑暗中朝他們走來。那不是全身泛著星光的古代貓，而是兩隻體型大相逕庭、步履蹣跚、目光灼灼的生物。其中一隻比另一隻高大許多，寬肩長鼻。另一隻在岩石上走得搖搖晃晃，無毛光溜的身體在幽冥中閃閃發亮。

「是午夜和磐石！」鴿翅低聲道。她感覺到背上的毛髮平順了下來。所以這裡不是黑暗森林。

獾和無毛的瞎眼貓停在他們面前。午夜垂下頭。「歡迎你們，」她大聲說道，「你們歷盡艱難，遠道而來，我猜一定是有什麼事想問吧？」

「為什麼我再也聽不到？」鴿翅脫口而出，「也看不到？」

磐石將那雙霧濛濛的藍色眼睛轉過來看著她。「哦，我想妳還是看得到。」他輕聲回答。

鴿翅全身發燙，覺得很窘。「是啊，當然看得到，但跟以前不一樣。以前我**什麼都看得到**，現在只能看到眼前的東西。我的聽力也一樣。」

「我們失去了異能，」松鴉羽插嘴，「我是說預言裡的那些異能。**將有三隻貓兒，你至親**

的至親，星權在握！」

「松鴉羽認為星族也許知道為什麼我們身體起了變化。」獅焰喵聲說道。

午夜將她那個長著條紋的鼻口轉過來對著他。「這些異能不是來自於星族，而是來自於古老的力量，來自於大地、水、岩石和空氣。是的，你們失去了天賦異能。這一點我無法改變。但之所以失去它們是因為你們現在不需要了。」

鴿翅試圖理解獾的這番話。「妳是說，四大部族現在安全了，所以不再需要我們？」

「你們的部族仍需要你們。」盤石厲聲說道，那語氣像是從風裡來的。「有時候，其他部族也需要你們。但你們再也不必面對一場必須靠異能才能打贏的仗。譬如現在令你們十分苦惱的綠咳症？這很難醫，但你們的巫醫貓有足夠的醫術可以治癒你們。你們還是會和鄰族起衝突，但你們有戰技足以招架。有時候你們會贏，有時候會輸，這是很自然的法則。」

午夜笨重地走過來，將鼻口擱在獅焰頭上。「英勇的戰士不會喪失信心。作戰受傷在所難免，無畏於此，仍願上場作戰，才是真勇敢。」她轉身走向松鴉羽。「巫醫貓，智者如你，應該很清楚就算自己無法進入族貓的思緒和夢裡，也能妥善照料他們。就讓他們的思緒與夢境從你視線裡隱退吧。」

午夜趨近鴿翅，後者感到一股惡臭的口氣。「小戰士。當妳又瞎又聾時，世上會有很多危險。但妳還有眼睛和耳朵，就跟妳的族貓們一樣好好利用它們吧。妳不會比他們弱的。」

獾退後一步，嘆了一大口氣，彷彿說了這麼多話已經讓她很累。鴿翅不免好奇她和磐石到底多老了？比星族還古老嗎？

「你們的力量曾幫助四大部族打贏大戰役，」磐石告訴他們。「那正是預言應許的諾言。而這諾言已經實現。你們會覺得少了異能，就不像一個真正的戰士，但其實沒有。族貓所具備的勇氣和戰技會帶給你們足夠的力量。大戰役已經打贏。四大部族的新時代正在眼前。」

「千萬記住，大戰役不是靠你們單打獨鬥贏來的，」午夜警告他們，「是所有部族，所有戰士、所有貓后、長老和小貓以及巫醫貓共同奮戰的結果。保護全體貓兒的目的，不是為了你們，無論有無異能都一樣。在大戰役裡失去的不只是千里眼、金鋼不壞之身或入夢的異能而已，但是戰士守則將會永世長存。」

頭頂上方傳來閃電的爆裂聲，嚇得鴿翅縮起身子，緊閉眼睛。等她再度張開時，午夜和磐石已經消失，過了一會兒，一隻薑黃色的貓站在她面前，綠色眼睛閃著愛的光芒。

「火星？」鴿翅倒抽口氣，但影像就在這時消失了，她跟松鴉羽和獅焰竟然是站在月池邊，池水平靜如昔。

獅焰朝她轉身。「妳還好嗎？」

鴿翅點點頭。「比以前好多了。」她喵聲道。

身旁的松鴉羽不耐地彈彈尾巴。「還有病貓等著我。走吧，看能不能趕在黎明前回到家。」他快步走上蜿蜒的小徑，灰色毛髮幾乎和眼前的岩石分不出來。獅焰跟在後面，但鴿翅多待了一會兒，兩眼凝視水面，感覺到內心有股希望正在上升。

我們已經打贏了大戰役，未來我們一定可以打敗綠咳症。她轉身追在族貓後面。突然間，腳步變得好輕盈。**戰士守則將永世長存。**

國家圖書館出版品預編目資料

說不完的故事2 / 艾琳・杭特（Erin Hunter）著；高子梅、宋亞　譯. -- 初版. -- 台中市；晨星　2017. 02
面　；公分. --（貓戰士外傳；9）（貓戰士；37）

譯自　：　Tales from the clans

ISBN 978-986-443-155-7（平裝）

874.59　　105009241

貓戰士外傳9

說不完的故事2 Tales from the clans

作者	艾琳・杭特（Erin Hunter）
譯者	高子梅、宋亞
責任編輯	陳品蓉
校對	郭玟君、陳品蓉、許仁豪
封面插圖	萬伯
創辦人	陳銘民
發行所	晨星出版有限公司 台中市407工業區30路1號 TEL：（04）2359-5820　FAX：（04）2355-0581 行政院新聞局局版台業字第2500號
法律顧問	陳思成律師
初版	西元2017年02月01日
再版	西元2019年07月29日（三刷）
總經銷	知己圖書股份有限公司 （台北公司）106台北市大安區辛亥路一段30號9樓 TEL：02-23672044 / 23672047　FAX：02-23635741 （台中公司）407台中市西屯區工業30路1號1樓 TEL：04-23595819　FAX：04-23595493 E-mail：service@morningstar.com.tw 網路書店 http://www.morningstar.com.tw
讀者專線	04-23595819 # 230
郵政劃撥	15060393（知己圖書股份有限公司）
印刷	上好印刷股份有限公司

定價 250 元

（缺頁或破損的書，請寄回更換）

ISBN 978-986-443-155-7

歡迎加入貓戰士俱樂部！

貓戰士俱樂部官網

姓　　名：	暱　　稱：
性　　別：□男　□女	生　　日：西元　　年　　月　　日
職　　業：	聯絡電話：
電子信箱：	
通訊地址：	

你最喜歡哪一隻貓戰士？為什麼？

如果您想將《貓戰士》介紹給您的朋友，請務必填寫下列資料，我們將免費寄送貓戰士電子報或刊物給您的朋友，請他與您分享閱讀的喜樂。

姓　名：	年　齡：	電　話：
通訊地址：□□□		
電子信箱：		
姓　名：	年　齡：	電　話：
通訊地址：□□□		
電子信箱：		

謝謝您購買貓戰士，也歡迎您到貓戰士部落格及討論區，與其他貓迷分享你的閱讀心情!

請填妥後對折裝訂，再貼妥郵票寄出

請黏貼
8 元郵票

407

台中市工業區30路1號

晨星出版有限公司

TEL：（04）23595820　FAX：（04）23550581
e-mail：service@morningstar.com.tw
http://www.morningstar.com.tw

請沿虛線摺下裝訂，謝謝！

加入貓戰士俱樂部

【貓戰士俱樂部入會優惠】

可享購書優惠、限定商品、最新消息等會員專屬福利

【三方法加入貓戰士俱樂部】

1. 填妥本張回函，並寄回此回函
2. 拍照本回函資料，Line 傳送
3. 掃描下方QR Code ，線上填寫會員資料

線上填寫

貓戰士俱樂部官網

搜尋Line ID：
@api6044d